夢の回廊

梁石日《ヤン・ソギル》

幻冬舎文庫

夢の回廊

目次

夢の回廊

この二ケ月の間に同じ夢を何度も見ていた。そのことに私は最近ふと気付いたのである。ほとんどの夢は忘れてしまうものだが、なぜ同じ夢を何度も見るのか。それは少年の頃住んでいた、大阪のある路地の風景だった。疎開道路があり――この疎開道路は第二次大戦の末期にアメリカ軍の爆撃機B29による空襲を受けるようになって日本の軍部が、焼夷弾《しょういだん》による火災の類焼を防ぐ名目で強制的に家屋をとり壊し、幅五十メートル、長さ四キロほどの道路にしたのである――その疎開道路から脇に入った路地の突き当たりの焦げ茶色にくすんだ古い板壁を左に曲って行くとまた路地があり、その路地を右に曲ったところで夢はとぎれるのだった。それは何の変哲もないありふれた路地と長屋の風景にすぎなかった。それなのになぜ同じ夢を何度も見るのか。私の潜在意識で、それらの風景に隠された何かを拒否しているからなのか、それとも夢の向う側の世界を見たいという欲求のあらわれなのか、いずれにしても私の胸の奥にからみついてくるような粘体質の不可解なわだかまりが澱《おり》のように溜《た》まっていた。

空はどこまでも澄みきっている。住んでいるマンションの五階の窓から眺めると、目の前にひときわ高い十数階建ての新築マンションが聳《そび》え、普通の二階建ての家屋の間に所狭しとばかりにさまざまな形のマンションがひしめいている。中天から少し西に傾きかけた七月の太陽に街全体がじりじりと灼《や》かれ、環状七号線を走行している車《しゃ》輛群《りょうぐん》の吐き出す排気ガスが大気の中で発火していまにも爆発しそうな渋滞の中をリヤカーを引いた一台の自転車がゆっくりと走っていた。白髪《しらが》の混じった五十前後の半袖姿の男が倒れそうになりながら体重を掛けて自転車のペダルを漕《こ》いでいる。リヤカーに積んでいる幾つもの大きなダンボール箱が荷崩れしそうだった。昔、どこかで見たような光景である。いや、数日前だったかもしれない。リヤカーの端に鎖でつながれた秋田犬のような犬が脚をふんばり、舌をだらりと垂らしてリヤカーを牽引《けんいん》していた。環状七号線から一方通行の細い脇道に六、七十メートル入ったマンションの五階の窓から眺めていたのは、男と犬がその細い脇道を横切るほんの二、三秒にすぎなかったが、なぜか私の脳裏に自転車を漕いでいる男とリヤカーを牽引している犬の姿がいつまでも残っていた。どこまでも続いている道を男は自転車のペダルを漕ぎ、鎖につながれた犬はリヤカーを引っぱって行く。

夢の中の焦げ茶色の古い板壁を左に曲って、また路地を右に曲ったとき、リヤカーを牽引している男と犬に出会った。白内障のためか男の左眼は白く濁っていた。細い路地の中で私は男と犬が牽引しているリヤカーを避けて体を長屋にへばりつかせるようにして横にしてすれちがったとき、すえた異様な臭《にお》いをかいだ。夢の中で臭いをかぐことがあるだろうか。しかし夢の中の記憶の底から、その異様な臭いは湧《わ》きあがってくるのだった。

日本が戦争に負けたとき私は国民学校初等科（現在の小学校）の四年生だった。本当は五年生なのだが、戦時中、東京、岡山、九州、奈良などを転々と疎開して、その間通学できなかったので一学年遅れたのである。通学していた国民学校初等科の四年生は一クラス三十人くらいの一組と二組で、戦後間もない国民学校の児童数け似たような状態だった。そして四年生から卒業する六年生までクラス替えされることはなかった。だから四年生からの三年間、約三十人の児童は同じ教室で学んだのである。その中でみんなより一歳年上の私はガキ大将のような存在であった。子供の頃の一歳のちがいは精神的にも肉体的にもかなりの差がある。私は勉強はしなかったが成績も良かった。スポーツも短距離、野球、水泳が得意だった。中でも一時、野球に熱中し、藤村と大下のホームラン争いに胸をときめかせた。チューインガムを買い、包装紙の点数を集めてミットを当てたことがある。豚革の粗末な子供用のミットだったが、まるで野球選手にでもなったような気分になり、クラスの男子をつのって野球チームを編成し、私はもっとも重要な役目とポジションを独り占めして主将とピッチャーと四番バッターを務め、他校の子供たちと試合をしていた。その野球チームの中に高橋《たかはし》勤《つとむ》という子がいた。小柄だがすばしこくてショートを守っていた。私のことを「兄貴、兄貴」と呼び、いつも私の後ろにくっついていた。肩で風を切り、少し巻き舌を使って喋《しゃべ》り、チンピラやくざを気取っているところがあって女の子からは嫌われていたが、遊びでも喧嘩《けんか》でも高橋勤は果敢だった。

ある夏の日である。確か五年生の夏休みだったと思う。私は野球チームを連れて三日に一度の割合で他校の野球チームと転戦していた。野球チームはいつも学校の校庭に集合して、それから相手の学校の校庭や真田山《さなだやま》公園の広場で試合するのだが、その日は珍しく高橋勤の姿が見えなかった。そこで私は補欠選手を使うことにした。試合の場所は大きなガスタンクが三基並んでいる緑橋の広場だった。試合は一回から苦戦を強いられ、終ってみると十対二という大敗だった。あきらかに高橋勤の欠場による大敗であった。あいつがいれば、こうも無様に大敗はしなかったのに、と屈辱を味わった。エラーで四点を献上した補欠選手の大久保《おおくぼ》敏正《としまさ》はしょげかえってうつむいたままチームの最後尾を歩いていた。図体《ずうたい》は大きいのだが反射神経の鈍い大久保敏正を相手チームは集中攻撃してきたのだ。

　私の通う学校の周りは焼け野原だった。その赤褐色の焼け跡は運河の向う岸に続き、さらに緑橋の大きな三基のガスタンクまで広がっている。大阪大空襲のときガスタンクは奇跡的に被害をまぬがれたのである。

　夏の強い陽射《ひざ》しは影をも地面に灼きつけんばかりであった。炭火であぶられている魚が身をそらせてじりじりと脂肪をにじませてくるように皮膚の内側から汗が体液とともに蒸発して塩を吹いていた。焼け跡の赤褐色の土はいまだに焼夷弾の炎に包まれているような熱をおびていた。焼け跡のあちこちにある畑からは肥溜《こえだ》めの臭いが漂い、なすびやトマトやきゅうりが実っている。私は暑さと屈辱と疲れでその日の試合を総括する元気もなく、グローブをぶらさげ、バットを引きずってのろのろと歩いていた。運動靴の底が割れ、穴のあいた靴先から親指がのぞいていて、ほとんど裸足《はだし》で歩いているようなものだった。

　今里ロータリーから玉造《たきつくり》方面に歩き、東成《ひがしなり》警察署にさしかかったとき、木造二階建ての警察署を囲んでいる板塀にぶら下がるようにして多くの野次馬が何かを見物していた。素早く板塀に飛びついて内部の様子を瞥見《べっけん》したチームの選手の一人が私のところに走ってきて、

「凄《すご》いで、びっくりした」

と顔面蒼白《そうはく》になって言った。

「何が凄いねん」

と私は訊《き》いた。

「とにかく見てみ、びっくりするから」

と言って彼はとたんに嘔吐《おうと》した。その様子に私も板塀に飛びついて懸垂でもするように体を持ち上げ、顔をのぞかせて内部を見た。そこは警察の裏庭だった。そのだだっ広い焼け跡の裏庭に脚を組んだ二つの大きな板の上に二つの肉の塊りが載せてあった。そして白衣を着てマスクをした四、五人の男と数名の警察官が立っていた。一瞬何なのかわからなかったが、二つの死体を解剖しているのだった。喉元《のどもと》からペニスにかけて真っ二つに切り開かれ、湾曲したあばら肉と内臓にハエが群がり、灼熱《しゃくねつ》の太陽に灼かれて腐臭を放っていた。毎年夏になると父は一頭の豚を買ってきて家の裏の流し場で料理するのだが、その豚の肉とそっくりだった。肋骨《ろっこつ》に沿って適度の脂肪と赤い肉が重なり、少し黒ずんだ内臓も豚の内臓と変わらなかった。よく見ると二つの死体は大人と子供だったが、さらによく見ると土色をした子供の顔は高橋勤であった。

私は驚愕《きょうがく》のあまり板塀からずり落ちて地面に倒れた。

いったい何があったのか理解できなかった。なぜ高橋勤は警察の裏庭で解剖されているのか。うっ血した顔が血の塊りのように黒ずみ、真っ二つに裂かれた体の中の内臓は私が想像していた人間の神秘性のようなものを打ち砕いた。豚も人間も同じ臓物だと思った。けれども人間の死顔には他の動物とはちがう複雑な感情が——悲嘆、不安、恐怖、絶望、怨念《おんねん》、生への執念などが凝縮していた。そうか、私が夢の中で路地の板塀を左に曲ってまた右に曲って先へ行かずに、そこで夢から覚めたのは、この残酷な光景を見たくなかったのだ。夢と記憶と現実はわかちがたく密接な関係にあり、夢の中の見たくなかった光景を記憶の中で鮮明に再現できるのだった。

　五十数年前の遠い昔の記憶である。五棟の平屋建ての朝鮮人長屋があり、五棟の二階建ての長屋があり、さらにその裏に五棟の平屋建ての長屋があった。この朝鮮人長屋の路地の奥は市電通りから長屋の裏にかけて長方形の敷地を占めている弁天市場の壁にふさがれてどん詰まりになっている。市電通りに出る長屋の表には百坪ほどの空地と、その隅に共同水道があり、空地は近所の子供たちの遊び場になっていた。この遊び場で石投げ合戦をやって二人の子供が大けがをしたことがある。また共同水道は近所のおかみさんたちの井戸端会議の場所でもあった。夏には子供に水浴びさせたり、洗濯したり食器類を洗ったりするおかみさんたちのかしましい話し声と笑い声が聞こえてくる。そして夏の終りを告げる地蔵祭りと盆踊りの広場にもなるのだった。

この空地の片隅で、深夜、高橋勤は殺害されたのである。高橋勤の父は弁天市場の裏で小さな質屋を営んでいた。質屋といえば蔵のある大きな一軒家を想像しがちだが、高橋勤の父が営んでいた質屋は、私が住んでいた長屋の住戸と同じ程度の二階建ての長屋の角の住戸だった。高橋勤の父が殺害された時間は午前零時から午前一時の間と思われる。この時間帯なら天井と壁が続いている長屋だから隣りの者に何らかの物音や声が聞えるはずなのに物音や声を聞いた者はいなかった。警察の検死によると背後から腕で首を絞めつけられ、首の骨を折って窒息死しているとのことだった。子供の高橋勤は父親が殺害されるのを目撃していたらしく、外に逃げ出したのだが、追跡してきた犯人に空地で追いつかれて父親と同じく絞殺されたのである。このとき長屋の角から四軒目の住戸で祭祀《チェサ》を行っていた平山が「助けてくれ！」というかすかな声を聞いたという。だが、罷祭《パジェ》（祭祀の終る時間）のあと、最後まで残っていた身内と親しい友人たち数人とで飲んでいて多少酔いが回っていたので空耳だろうと思って気にとめなかったというのだ。あのとき外に出ていれば……と後に平山は何度も後悔していた。

夢が記憶をたどって行くのか、記憶が夢をたどって行くのか、喉元からペニスにか

けてばっさり切開されていた高橋勤が解剖台からむっくり起き上がり、

「兄貴、兄貴……」

と叫んで私を追ってきた。

心臓や肺、肝臓や胃袋、長い長い小腸、その他の臓物をぶらさげて追ってくるのだ。少しこまっしゃくれた顔には私に追いつこうとする思いがこもっていた。臓物をぶらさげて追ってくる高橋勤を振りきろうと必死で逃げる私に怒りを感じたのか、高橋勤の表情がみるみる険しくなり、阿修羅《あしゅら》のような形相になるのだった。髪は逆立ち、口は裂け、眼はつり上がり、もはや子供の顔ではなかった。そしていつしか高橋勤の顔はあの自転車のペダルを漕いでリヤカーを引っぱっている男の顔に変わっていた。リヤカーを一緒に牽引している秋田犬のような犬が牙《きば》をむいて迫ってくる。私の足は鎖を引きずっているように重かった。これは夢だとわかっていても目を覚ますことのできないもどかしさに胸は張り裂けそうだった。

私は連れ合いに揺り起こされた。寝室の灯《あか》りをつけ、ベッドに横臥《おうが》している私を見下ろして連れ合いはティッシュペーパーを鼻孔《びこう》にあてがっている。そのティッシュペーパーが赤く染まっていた。

「どうしたんだ？」

私はてっきり夜中に鼻血を流して、それで彼女は私を起こしたのだと思った。日頃から起床したときや仕事から帰宅したときに鼻血を出すことがあり、男に比べて女は鼻血が出やすい体質で、それはメンスとも関係があるのかもしれないと勝手に思い込んでいた。

「あなたが私を蹴飛《けと》ばして殴ったの」

彼女はいわれのない殴打に怨《うら》みがましい表情で言った。

「おれが？　おれがおまえを蹴飛ばして殴ったのか？　寝ているおれが……」

「そう、何か唸《うな》ったり、怒鳴ったりして、私を蹴ったり殴ったりしたのよ」

私はベッドに座り、彼女の鼻血の具合を見た。彼女は天井を仰いで鼻腔にティッシュペーパーをまるめて押し込み、口で苦しそうに息をしていた。置時計を見ると朝の五時過ぎだった。窓の外は明るくなりかけていた。

夢のせいだ。自転車でリヤカーを引っぱっている男と犬に追われて、いよいよ逃げ場を失い抵抗してベッドの上で暴れたのだろう。寝ているのだから夢の中で走れるわけはないのだった。全速力で走っているつもりでも寝ている体は走れないのだから、追跡してくる者から逃れられはしないのだ。

「いままでにも二、三回、蹴られたり、殴られたりしたわ。私が嫌いなの」

「ばかな、嫌いなわけないだろう」

　こういうときの女の言葉には何かを探るような猜疑心《さいぎしん》に満ちた響きがある。それにしても、いままでに二、三回彼女を蹴ったり、殴ったりしていたとは驚きだった。

　夢はどこから現れるのか。大脳の中枢の、記憶の中の、心の奥の奥の誰にも見えない人生の果てしない苦悩の泥のような汚穢《おわい》が灰塵《かいじん》と化した無の世界から摩訶不思議《まかふしぎ》な出来事をつぎつぎとつむぎ出し、現実に引きもどされたとき夢は跡形もなく消える。だが、消えたのではなく遠い太古の昔へと遡行《そこう》しているのである。人間の胎児が地球の生命の誕生からおよそ三十五億年の進化の過程をなぞっているとしたら、夢と記憶は人生の謎を解き明かすために過去と未来をなぞっているのかもしれない。現在はいまある私が見ている世界であり見えない世界でもある。そして過去は秒単位で言えば一秒前であり未来は一秒後なのだ。私はその瞬間、瞬間を生きており、その瞬間とは一兆分の一秒という単位でも測定できない圧縮された時間と空間である。この恐ろしい瞬間は光よりも速く記憶の暗黒の世界を貫いて行く。私は何かを見たのだろうか。そうだ、私は確かに見たのだが、長い間忘れて考えようとしなかった。

　路地の奥の古い茶褐色の板壁を左折してまた右折すると木戸があり、小さな広場を囲むように数棟の長屋が建っている。その長屋と長屋の間の尿道のような曲りくねった細い路地を行くと途中で三つに分かれ、その中の一つの路地を抜けると高橋勤の父が営む質屋に出るのだった。夢の中で追われていた場所は、この迷路のような路地である。なぜわかるのか。それは質屋の斜向《はすむか》いの弁天市場の裏口にあるゴミ捨て場でリヤカーを牽引している男と犬がいつもゴミを漁《あさ》っていたからだ。少年の頃、探偵ごっこや、喧嘩をして逃げるときや、酒に酔った父に追われたときなどは、この迷路のような路地に逃げ込んだ。複雑にからみ合っている路地には朝鮮人長屋と日本人長屋が劃然《かくぜん》としているところもあれば渾然《こんぜん》一体となっているところもある。そんな長屋に囲まれるようにして不思議な建物が一つあった。質屋から四、五軒隣りに駄菓子屋があり、その駄菓子屋からまた四、五軒隣りに大きな洋館があったのである。淡いグリーンのタイル張りの洋館だった。彫刻をほどこした厚い木製の頑丈なドアは外部の人間を拒否しているようであった。タイル張りの壁は貝殻のようにきらきらと輝き、円形の大きな窓には色とりどりの美しいステンドグラスがほどこされていた。そのステンドグラスをおおうように棕櫚《しゅろ》が三本植えられていた。いったいどのような人間が住んでいるのか近所の者にとって興味のつきない建物だったが、誰一人、その住人を見た者はいなかった。

ある日、探偵ごっこをしていた私は路地から路地を走り抜けて、この洋館の三本の棕櫚の陰に身をひそめて隠れた。そして棕櫚の陰に身をひそめている私の耳に、それまで聞いたこともない軽快な音楽が聞えた。その音楽は洋館の中から聞えてくるのだった。私は耳を澄まし、しばらくその音楽に耳を傾けていたが、ふと円形の窓を見ると、ほんの少し斜めに開いていた。私は胸をときめかせ、その斜めにほんの少し開いている隙間《すきま》から恐るおそる部屋の中をのぞいた。四十平米ほどの洋室だった。私の三人家族が寝起きしている四畳半の部屋に比べると広びろとした部屋だった。ピアノが置いてあり、飾り棚と平行に並べてあるサイドボードの上の蓄音器から音楽は流れていた。そのリズムに乗って百五十センチにも満たない小柄な女と背の高い進駐軍の兵士がダンスをしていた。女は紫の地に白い牡丹《ぼたん》と赤い花をあしらった着物を着て金色の帯をしめていた。四十七、八歳になるだろうか、厚化粧をして真っ赤な口紅を塗り、笑っている目尻に小皺《こじわ》が重なっていた。噂《うわさ》には聞いていたが実際に進駐軍の兵士を見るのははじめてだった。大きな体格と彫《ほり》の深い顔、金髪と青い目と白い肌、どれをとっても自分とはちがう人種であり、異星人のような存在に思えた。その兵士は二十七、八歳に見えた。ダンスをしながら若い兵士はしきりに囁《ささや》きほほえみかけ女を抱きすくめてうなじや唇にキスをした。四十七、八と思われるのに、その女の身のこなしと妖《よう》艶《えん》な微笑から溢《あふ》れてくる色香はまだ性を知らない少年の私のペニスを勃起させるほどであった。そして女は両腕を若い兵士の首に回してぶらさがりむさぼるようなキスをした。互いの唇と舌を吸い、唾液《だえき》を呑《の》み込む息づかいが軽快な音楽のリズムの間から聞えるのだった。からみ、もつれ、やがて若い兵士は小柄な女を軽々と抱きかかえてソファに寝かせるとおおいかぶさり、手で着物の裾《すそ》の奥をまさぐった。女が腰をのけぞらせてじょじょに股《また》を開いていく。その開いていく股の間を兵士の舌が這《は》っていた。蛇のような長い赤い舌が毛むくじゃらの深い沼沢を這い、やがて焼きごてのような太い一物を女の中に挿入すると、唾液に濡《ぬ》れて半開きになっている女の唇から歓喜の声がもれた。

見てはならないものを見てしまった少年の私は、その場を離れて一目散に駆け出し、学校の近くの焼け跡まできて雑草の中にしゃがみ込むと小さなペニスを握りしめて自慰行為にふけった。そして何かが脳天を突き抜けたかと思うと信じられない快感に全身を震わせて、射精した。

少年の私の脳裏に刻まれたあの女の妖艶さは五十年以上たったいまも思い出すことがある。鮮やかな紫色と対照的に桃色で縁どられた白い牡丹の花が女の存在をきわだたせていた。そして進駐軍の兵士が着物の裾の奥をまさぐって手を這わせると、女は自ら帯を解き大きく股を開いて男の舌と一物を受け入れた。

「オー、ダーリン、マイダーリン」

少年の私は、男があんなふうに声をあげるものだろうかと思った。

それから十二、三日後に女は何者かに殺害されたのである。高橋勤の父子が殺害され、夏休みも終り二学期が始まって間もない二百二十日の暴風雨の去った直後に起きた事件だった。放課後、近所に住んでいる級友と帰宅している途中、洋館の建っている路地の手前に縄が張りめぐらされて通行禁止になっていた。それでも多くの野次馬は怖いもの見たさに厳しい監視の眼を光らせている警官をものともせず群がっていた。私の胸は高鳴った。心臓の鼓動が耳元まで響くのだった。あの女が殺されたにちがいない。私は事件の内容を誰にも確かめずに女が殺されたにちがいないと確信した。一瞬、女と進駐軍兵士の性交の姿態が脳裏をよぎった。そしてなぜか女は殺されるべくして殺されたのだと思った。少年の私の心の中に嫉妬《しっと》のようないわくいい難い感情が広がるのだった。女は娼婦《しょうふ》だったのか。それとも寡婦だったのか。それとも女と若い進駐軍兵士は愛し合っていたのか。どのような経緯《いきさつ》で女と兵士は知り合い、愛するようになったのだろう。犯人はあの若い兵士にちがいない。何かの理由で嫉妬に狂い、女を殺害したのだ。私は高橋勤父子が炎天下の裏庭で解剖されていた東成警察署に赴き、犯人は若い進駐軍兵士だから逮捕してほしいと頼み、逮捕したあとその兵士を解剖してほしいとも頼んだ。数人の警官がにやにや笑っている数人の警官の中にあの若い兵士がいるのだった。そして私に顔を近づけて大声で笑った。私は冷たい夜の底を走って逃げた。だが、走っても走っても星屑《ほしくず》のない暗い夜の風景は遠のいていくのだった。背後から追ってくる若い兵士が笑っている。怒鳴りながら笑っていた。そして不意にその兵士は腰の拳銃を抜いて発砲した。一発、二発、三発と連発した銃弾の一発が私の背中に命中した。嫉妬と憎しみの混り合った熱い痛みがみぞおちから下半身に伝わり、体内を一周して脳の中枢に達し、目が覚めた。全身に汗をかき、喉がからからに渇いていた。そして驚いたことに、私は夢精していたのだ。私は側《そば》で眠っている連れ合いに気づかれないようにそっと起きてトイレに行き、トイレットペーパーで精液をぬぐいながら、この歳《とし》で夢精するとは何ごとだろうと自己嫌悪に陥った。

夢は私を追ってくる。記憶の奥へ奥へと、路地の奥へ奥へと私を追い詰める。戦後間もない朝鮮人長屋と日本人長屋の間を往《い》ったりきたりしながら不可解な事件は私の記憶の深い闇《やみ》に閉ざされたまま五十数年が過ぎたが、その記憶が夢となって蘇《よみがえ》ってくるのだった。

はっきり憶《おぼ》えているわけではないが、確か女が殺害されて一ケ月もした頃、自転車でリヤカーを牽引していた男が紙芝居のおじさんに変身していた。もちろん子供たちは男が自転車でリヤカーを引いていたことなど気にしていなかったし、それどころか男の紙芝居は面白く、子供たちに人気があった。背の低い、ずんぐりした体型と額から左耳にかけてケロイド状になって半ば潰《つぶ》れているような眼が白く濁っていて気味の悪い印象を与えていたにもかかわらず、紙芝居の最後に、

「明日は雨か嵐か、ぼた餅《もち》か」

という台詞《せりふ》が子供たちの間で大いに受けていた。

「明日は雨か嵐か、ぼた餅か」という台詞は一時、近所の子供たちの間で流行語になり、男の紙芝居はますます人気を博した。しかし男はただ見をしている子供には紙芝居をけっして見せようとはしなかった。ただ見をしている子供がいると指を差し、

「あっちへ行け！」

と白く濁った不気味な眼で睨《にら》むのだった。威嚇する飼い主に呼応して自転車につながれている犬までが牙をむいて吠《ほ》えるのである。それでも見ようとする子供を男は追いかけたりした。その執拗《しつよう》さは異常なほどであった。子供だからといって容赦しなかった。逃げる子供をつかまえて耳を引っぱり、折檻《せっかん》するのである。

「おまえは悪いやっちゃ。その調子で大きなったら、ろくな人間にならん」

まるで父親のような口調だった。しかし、子供たちはしだいに紙芝居に興味を失い、一人か二人の子供を相手に紙芝居をしている日が続き、そのうちぷっつり姿を見せなくなった。そして今度は六十歳くらいの紙芝居のおじさんが入れ替るようにやってきた。戦闘帽をかぶったおじさんは歳をとっているせいか手が震え、声も震えていて何を喋っているのか子供たちにはよくわからなかった。それでも子供たちが集まるのは、ただ見をしている子供もお菓子を買った子供も区別なくあつかい、ときには小遣いのない子供に水飴《みずあめ》や酢昆布をあげたりしたからだった。だが、そのおじさんも二ケ月後には姿を見せなくなった。子供相手の紙芝居では生活できなかったのだろう。

あの頃、私の住んでいた朝鮮人長屋にはさまざまな行商人がやってきた。こうもり傘修繕、包丁研ぎ、西瓜《すいか》売り、毛布をかついだ背の高い図体の大きなロシア人がうなだれるようにして長屋の軒下に立ち、愛想笑いを浮かべながらつたない日本語で売り込もうとしている姿に何かしら現実の厳しさを感じた。在日同胞の魚売り、野菜売り、瀬戸物、衣類、靴の修繕、金魚、水飴、いまでいうポップコーン、などなど、ありとあらゆる物売りがやってきた。紙芝居のおじさんも入れ替り立ち替りやってきたが、彼らは金に困ると自転車ごと売買していたのだった。

あれほど暑かった夏が過ぎ、台風の季節も去って十月ともなるとさすがに涼しく、夜は半袖では肌寒いくらいだった。もっとも十月は衣替《ころもが》えの時期である。学生や警官の制服は冬物に替り、みんな長袖のシャツや薄いセーターを着ていた。そんな中で一人、半袖姿のあのリヤカーを引いていた男が近所に現れた。だが男は手ぶらだった。持ち物といえばアルミの容器とベルトにぶらさげている手拭《てぬぐ》いくらいなもので、自転車も紙芝居もリヤカーも犬もなかった。ぼろぼろの靴を履き、眼はくぼみ、頬《ほお》の肉は落ち、白髪がふえ、痩《や》せ細ってめっきり老けており、白眼の濁りはさらにひどくなっていた。男は空地の片隅にある用水桶《ようすいおけ》――この用水桶は戦時中に一般の家の前に置いてあった用水桶より深さも大きさも二倍以上あった――の底にどこかで拾ってきた藁《わら》を敷き、同じくどこかで拾ってきたトタンを屋根代わりにして、そこで寝起きするようになった。洗顔や洗濯には夜中にこっそり長屋の共同水道を使っていた。そして男はときどき長屋の軒下に立って、

「どうか恵んで下され、恵んで下され……」

と読経のように呟《つぶや》いて物乞《ものご》いをしていた。恵んでくれる者もいれば恵んでくれない者もいる。恵んでもらえなかった日は夜中にゴミ箱を漁っていた。伸び放題の髪の毛と髭《ひげ》が顔をおおいつくし、体内からすえた臭いを発散させていた。誰も男に近づこうとしなかったし、用水桶から追い出そうともしなかった。いわば男は生きたまま腐る

にまかせているようなものだった。やがて長屋の者は男が軒下に立つと表戸を閉めるようになった。私の母は家の前に立った男の容器にご飯とキムチといわしを一匹入れてやった。すると男は乾いた唇を開いてニーッと笑った。その前歯が二、三本抜けている黒い口の中から強烈な腐臭とともに得体の知れない何かが飛び出してきそうな恐怖を覚えた。

ちょうど同じ頃、近所をもう一人の人間が徘徊《はいかい》していた。下着の上に何枚ものぼろ切れを巻きつけ、その上に泥にまみれたコートをはおって四つん這《ば》いになって徘徊するのである。戦争で負傷したのかどうかはわからないが、その男は歩行ができないのであった。布を何重にも巻いている膝《ひざ》は出血しているらしく血と土にまみれて黒ずんでいる。その四つん這いになって徘徊している男に近所の子供たちは、まるで犬に餌《えさ》を投げ与えるようにパン屑《くず》や食べ残しのご飯やゴミを投げつけて面白がっていた。そして投げつけられて土に汚れたパン屑や食べ残しのご飯を男は拾ってほおばるのだった。だが、十二月三十一日、除夜の鐘がラジオから流れているとき、一人の通行人が道端で死んでいるその男を発見した。死因は凍死だが、男の体のあちこちに犬に噛《か》まれたあとがあり、首に致命的な傷を負っていた。野良犬に噛まれたのか、あるいは何者かが飼っている犬をけしかけて噛ませたのか、鶴橋《つるはし》の闇市《やみいち》が警察のいっせい手入れを受け、大阪ミナミで新興暴力団同士の抗争による発砲事件が勃発《ぼっぱつ》して騒然としている さ中に、一人の男が道端で犬に嚙まれて凍死していたのである。その人に嚙まれて凍死した、歩けないはずの男がむっくりと起き上がって少年の私に近づいてくるのだった。恐怖の叫び声が喉に詰まって息苦しくなり、私はひたすら逃げた。だが、またしても同じくり返しだった。走っても走っても背後から追ってくる男との距離は縮まるばかりであった。私があの洋館の建物の前にさしかかり、少し開いている円形の窓から部屋の中をのぞくと、女が帯を解いた着物をだらりとたらして前を開き、

「さあ、坊や、こっちへおいで」

と手招きした。そして股を開いて黒ぐろとした魔窟《まくつ》を曝《さら》した。

「わたしのここを舐《な》めてちょうだい。そう、そこ、そこよ。ああ、坊やはお上手ね。坊やの物をわたしの中へ入れてちょうだい。そう、そう……もっと深く……もっと奥へ……」

恍惚《こうこつ》とした女の淫乱《いんらん》な表情は死の恐怖をも払拭《ふっしょく》するほどの力を秘めているように思われた。私を追ってきた歩けないはずの男が女の首を絞めていたからである。そして目覚めることのできない夜の深い記憶の底へ私は墜落していった。

さかしま

一

大阪大空襲のとき中道《なかみち》国民学校の周囲五百メートル四方は焼け野原となったが、攻撃目標からはずされたのか、それとも運よく類焼をまぬがれたのか、中道国民学校は焼かれずに残ったのである。中道国民学校は鉄筋三階建ての校舎で、幅一メートル、長さ二十五メートルのプールまである当時としては立派な学校だった。そして敗戦後、中道国民学校から五百メートル四方の焼け野原の一部に畑が作られ、あとの土地は荒れるにまかせて雑草がおい茂っていた。その茂っている雑草の中に四本の棒を立ててぼろ布でおおって西岡洋次《にしおかようじ》は寝泊りしていた。商売道具の自転車とリヤカーに秋田犬のような犬を鎖でつないで見張りをさせ、夏のむし暑い夜はぼろ布を敷くだけにして仰向けになり、眠りにつくまでの間、いつまでも空を眺めていた。夜空にちりばめられた美しい星屑《ほしくず》を眺めていると、自分がこの世に存在していることが不思議に思えるのだった。何のためにこの世に生を享《う》けたのか。この世に生を享けて三十七年、一日として幸せなときはなかったような気がする。二十八歳で兵隊にとられて日本が敗戦にいたるまでの八年間、中国、南方方面を転戦してきた。そして、日本が敗戦を迎える一ケ月前に南方のＧ島に上陸してきた連合軍に投降して捕虜となり、一年後に釈放されて大阪にもどってきたのである。だが大阪にもどってみると家は空襲で焼かれ、妻と二人の子供は死んでいた。両親と兄は西岡洋次が十代の頃、結核でたて続けに亡くなり、弟は中国で戦死している。親類縁者のいない西岡洋次は天涯孤独の身となった。

西岡洋次が大阪にもどってきて頼ったのは小学校（当時は尋常《じんじよう》小学校）時代から同級生だった幼友達の高橋定吉《たかはしさだきち》である。大成通りの弁天市場裏で小さな質屋を営んでいた高橋定吉の家と西岡洋次の家は、四、五百メートルしか離れていなかったが、大空襲のとき西岡洋次の家は焼かれ、高橋定吉が住んでいた大成通り界隈《かいわい》は類焼をまぬがれて、明暗を分けたのだった。

西岡洋次と高橋定吉は同じ年に兵隊にとられ、南方方面では同じ部隊に所属して三年間一緒に戦った。しかしマッカーサーの率いる連合軍の猛撃で、敗退につぐ敗退を余儀なくされて、部隊は壊滅し、西岡洋次と高橋定吉は島から島を逃走し続けて奇跡的に生き残ったのである。連合軍の捕虜になった二人は、別々の捕虜収容所に収容され、高橋定吉は西岡洋次より半年早く大阪に帰っていた。

弁天市場の表は市電やバスが走っている広い通りだが、裏は入り組んだ路地が錯綜《さくそう》していて、近所に住んでいる者でさえ道を間違えることがある。大阪にもどってきた西岡洋次は、省線（現在の環状線）に乗って車窓から外の光景を眺めて愕然《がくぜん》とした。京橋駅を過ぎると澄みきった青空にくっきりと聳《そび》えている大阪城の天守閣が見えたが、省線に沿って広がる大阪造兵廠《ぞうへいしょう》は灰燼《かいじん》に帰して恐ろしい夢を見ているようだった。不安と恐怖で胸の鼓動が高鳴り息が詰まりそうだった。車内は身動きとれないほど超満員で、そのうえ垢《あか》にまみれてぼろをまとい、陰鬱《いんうつ》な表情でおし黙っている人々が発する異臭がたちこめていた。

　電車が駅に停車するたびに大勢の人間が吐き出され、同じ量の人間が押し合いへし合いしながら乗り込んでくる。まるで大量の汚物が吐き出され呑《の》み込まれていく巨大な胃袋のようであった。鶴橋駅に着いたとき、西岡洋次は乗客をかき分けて降りるとほっとひと息ついて階段を降りかけ、肩から掛けていたズックカバンがないのに気付いた。刃物で紐《ひも》を切られてズックカバンをまるごと奪《と》られたのだ。ズックカバンの中には折りたたみ式の小さなナイフ、カンパン二十個、軍隊手牒《てちょう》、パンツとランニングシャツ各一枚、家族の写真、そして二十円が入っていた。西岡洋次はあわてて引き返そうとしたが電車はすでに発車していた。全身の力が抜けて目の前が真っ暗になり、その場にへたり込みそうになった。二十円は、捕虜収容所から船で九州の博多《はかた》まで運ばれ、そこで帰国後の当座をしのぐ支度金としてGHQから支給された金であった。博多から大阪までの十八時間、少しでも節約しようと食事をとらずに我慢してきた空《す》き腹のみぞおちあたりが急に痛みだしたので、駅の便所に駆け込みズボンを下ろしてしゃがむと水のような便が噴出した。昨日から何も食べていないので食あたりしたとも思えないし、たぶん神経性下痢《げり》かもしれないと思いながら水のような便が気になって汲《く》み取り式の肥壺《こえつぼ》をのぞくと、尻をふいた新聞紙に混じって淡い緑色の紙片が浮いていた。よく見ると紙片の隅に十円という字が見える。まさか、と自分の目を疑いながら西岡洋次は腕を伸ばし、糞尿《ふんにょう》にまみれてどろっとした緑色の紙片をつまんで引き揚げてみた。十円札だった。西岡洋次は内心どぎまぎしながら、その十円札を握りしめ何くわぬ顔で便所を出て、水道で洗った。捨てる神あれば拾う神ありとはこのことだ、と西岡洋次は神に対して――その神はどのような神なのかわからないにしても――感謝した。

鶴橋駅の周辺は巨大な闇市であった。バラックの店はましな方で、たいがいはぼろ布をつぎたしたテントを張った店で、戦闘帽をかぶり脚にゲートルを巻いた軍隊帰りの男たちが鍋《なべ》や包丁ややかんを立ち売りしていた。拡声器から流行歌が流れている中を西岡洋次と同じような復員兵や引き揚げ者や娼婦《しょうふ》や垢にまみれた子供たちがごった煮の臓物のようにうろついている。たぶん行くあてがなくて闇市をうろついているのだろう。雑炊を煮込んでいる大きな鍋の前に大勢の行列ができている。その行列に西岡洋次は並んだ。空腹もさることながら、肥壺で拾った十円をくずすのが目的だった。順番がきて十円を差し出すと、十円を受取った男が怪訝《けげん》な表情で、

「濡れてるやないか」

と言った。

「うっかり水溜《みずた》まりに落としたんや」

と西岡洋次は弁明した。

男は十円をざるに投げ入れて八円のつり銭をくれた。そして相棒の男が杓《ひしゃく》で雑炊をすくってアルミの容器に入れた。雑炊には親指ほどのじゃがいもとだいこんが三、四切れしか入っていなかったが、それでも腹の足しになった。

少し体の温まった西岡洋次は家族が住んでいるはずの中道に向ってとぼとぼと歩きだした。家族は無事に暮らしているだろうか。戦争にかり出されて転戦してきた八年間に家族と会えたのはたったの一度だけである。中国戦線に三年いたあと後方部隊に回され、そのとき一度内地にもどって家族と会ったが、その後すぐ南方方面へ転属となった。

鶴橋の闇市から小橋《おばせ》を通って中道へ向かう途中の家屋は焼けていなかったが、ある場所を境に突然焼け野原になっていた。西岡洋次は現実が裏返しになったような錯覚に陥った。彼は何度も背後の家屋が並んでいる風景を振り返っては目の前の焼け野原を眺めて茫然《ぼうぜん》とした。方向感覚を失った鼠《ねずみ》のように西岡洋次は焼け野原のあちこちを歩き回って、あるべきはずの自分の家を探したが、雑草がぼうぼうとはえているだけで、家族が住んでいるはずの家はどこにも見当たらなかった。だが、西岡洋次は諦《あきら》めきれず、五百メートル四方の焼け跡をくまなく探し回り、類焼をまぬがれた中道国民学校にきた。二人の子供が生きていればこの学校に通学しているはずであった。

焼け跡から続いている学校の運動場に子供の影はなく、ひっそりしていた。たぶん授業が終って家に帰ったのだろう。水の入っていない空のプールをのぞくと、鉄屑《てつくず》や木屑《きくず》の中に、捨てられたのか誤って落ちたのか、秋田犬のような茶色の犬が必死になってプールから這《は》い上がろうとしていた。だが深さ一メートル三十はあるプールから這い上がることはできなかった。秋田犬のような犬はプールをのぞいている西岡洋次に助けを求めるようにくんくんと鼻を鳴らして尾を振るのだった。しかし、西岡洋次はプールをあとにして運動場を横ぎり、職員室に向かった。職員室には誰もいなかった。なぜ誰もいないのだろう。学校は授業をしていないのだろうかと思いながら廊下

を歩いていると宿直室の中に人影を認めた。西岡洋次は宿直室をのぞいて、

「今日は……」

と声を掛けた。

宿直室の台所で何かを煮込んでいた四十過ぎの男が振り返って一瞬驚いた表情をした。小柄でずんぐりとした体型のみすぼらしい西岡洋次が、浮浪者に見えたのかもしれない。実際、戦闘帽をかぶり、軍服にゲートルを巻いている西岡洋次の姿は亡霊のようだった。顔面神経痛のように顔をひきつらせ、白内障で白く濁った左眼が不気味だった。

「何かご用でしょうか……」

男は箸《はし》を持ったまま訊《き》いた。

「先生でしょうか」

「ええ、そうです」

「わたしは西岡友彦《ともひこ》と武久《たけひさ》の父親です。たったいま戦地から大阪に帰ってきたばかりです。家に行ってみたんですが、家は焼かれてありませんでした。家族がどこにいるのかわからんのです。わたしは二人の子供と長らく会ってませんが、たぶん五年生と三年生になると思います。家族はすぐ近くの、あのあたりに住んでいましたので、こ

の学校に通学しているにちがいないと思ってうかがいました」

西岡洋次は自分の家があった場所に視線を移して指差した。

「ああ、西岡友彦君と武久君のお父さんですか。おつとめご苦労さまでした」

先生は姿勢を正して一礼をした。そして言葉を詰まらせた。

「今日は授業が終ったのですか」

と西岡洋次は訊いた。

「今日は日曜日ですので児童はいません」

「そうですか。わたしの子供はこの学校に通ってるんですか」

「いいえ」

と先生は首を振った。

「どこの学校に通ってるんですか」

西岡洋次の追及に先生は耐えきれなくなったように表情を曇らせて言った。

「西岡さんのご家族は空襲で亡くなられました。まことに残念なことです」

先生は頭《こうべ》をたれて黙禱《もくとう》した。

不吉な予感はしていたが、その予感が現実であったことを知らされて西岡洋次は土間にへたり込んだ。

「大丈夫ですか」

と先生が駆け寄って西岡洋次の体を支えた。

「大丈夫です」

西岡洋次は、先生に支えられて立ち上がると黙って宿直室を出て行こうとした。

「空襲でこのあたりだけでも十八人が亡くなりました。亡くなられた方は一ケ所で荼《だ》毘《び》に付されて区役所に納骨されていると思います」

宿直室を出て行く西岡洋次に先生は説明した。

八月の強い陽射《ひざ》しの中で力強く大地に根を張っている雑草や名も知らぬ花の鮮やかな色が西岡洋次の目にしみた。西岡洋次は区役所へ行く気になれなかった。区役所に納骨されている遺骨はもう家族の遺骨ではないと思った。家族の遺骨であることを確かめる方法はないのだった。それにいまさら区役所に納骨されている遺骨を確認したところで同じではないか。八年間、中国・南方方面を転戦してきた結果がこれである。

西岡洋次はあらためて茫洋《ぼうよう》と広がる焼け野原を眺めた。

助けを求める犬の鳴き声がする。西岡洋次は空のプールに降りて犬に近づいた。警戒しながら尻ごみして蹲《うずくま》り、体を震わせている秋田犬のような犬の頭を撫《な》でてやると、犬は庇護《ひご》を求めるように尾を振ってなついてくるので、西岡洋次は犬を抱きかかえてプールの外へ放してやった。すると、生後一年くらいの牝犬《めすいぬ》は、西岡洋次のあとをどこまでもついてくるのだった。

夕暮れの空をトンボの群れが東の生駒山《いこまやま》をめざして飛んでいる。そのトンボの群れをめがけて、四十センチほどの糸の両端に小石を結び、その小石を赤や青や緑のセロハンで包んだものを子供たちは空に投げていた。それをトンボは餌《えさ》と間違えて喰いつき、糸にからまれて落ちてくるのだ。それはじつにスリリングな遊びだった。焼け跡のあちこちで子供たちはトンボ捕りに夢中になっていた。単純な遊びだが、いつ頃、子供たちはこうした技を発明したのだろうと感心しながら西岡洋次は大成通りに向かった。

大きな鋳物工場の前を通り過ぎるとき、金属の焦げる匂《にお》いがした。戦場で炸裂《さくれつ》した砲弾の火薬の匂いに似ていた。煙突から吐き出された黒煙が澄みきった大空へたなびいている。そして、鋳物工場を通り過ぎた六軒長屋の中ほどに懐かしい銭湯があった。子供の頃から通っていた銭湯である。西岡洋次は垢だらけの体を銭湯で洗い流したいと思ったが、残り少ない金を使うわけにはいかなかった。

西岡洋次は高橋定吉の家に行くつもりだったが、路地が三本に分かれているところで間違えて別の路地に迷い込み、土塀と板塀の入り組んだ路地をぬっているうちに、木戸のあるそこだけが小さな空間をつくっている場所に出て驚いた。朝鮮服を着た女や、いかつい顔の男が往《い》き交っていたからだ。戦地に八年、捕虜として一年、合わせて九年の空白は大きく、西岡洋次は一瞬、自分はどこにいるのだろうと錯覚を起こした。西岡洋次はあわてて目安になる弁天市場を探そうとあたりを見渡し、目の前にひときわ高い弁天市場の屋根が見えたので、やっと自分のいる位置がわかった。探していた高橋定吉の質屋も目の前にあった。西岡洋次が迷い込んだ三本の路地はここで一本につながっていたのを思い出した。ただ西岡洋次が住んでいた頃は、この界隈《かいわい》には朝鮮人は住んでいなかったのである。同じ長屋でも、そこに暮らしている人間が変わると風景も変わるのだった。

西岡洋次はのれんをくぐって表戸をそっと開け、中の様子をうかがいながら入った。格子で仕切られた帳場で大福帳に筆を走らせていた質屋の主人がゆっくりと顔を上げた。

「定吉か、わしや、西岡や、洋次や……」

いぶかしげに来客を見つめている質屋の主人の前に歩みよった西岡洋次は戦闘帽をとって弱よわしくほほえんだ。玄関と帳場の間を仕切っている格子の隙間《すきま》から西岡洋次を見つめていた質屋の主人が、

「西やんか……」

と言った。

「そうや、洋次や」

かすれた声がかすかに震え、目に涙を浮かべている西岡洋次を見て、

「洋次！　おまえようもどってきたな。心配しとったんや、ほんまに……」

と高橋定吉も復員してきた西岡洋次の姿に感動して叫んだ。

「ここは表玄関やさかい裏に回って裏口から入ってくれ。裏口の鍵を開けるさかい」

そう言われて、昔は高橋定吉の家に遊びにきたときはいつも裏口から入っていたのを思い出した。

西岡洋次はいったん外に出て、ひと一人がやっと通れる横の狭い路地から裏口に回った。裏では二列に並んでいる長屋の端の共同水道に朝鮮服を着た三、四人の女がしゃがみ込んで、快活な笑い声をたてながら洗い物をしていた。西岡洋次は何か異様な印象を受けた。それは日本が戦争に負けたという現実を見せつけられている感じだった。そうか、日本は戦争に負けたのだ、とあらためて思い知らされる光景であった。

高橋定吉が裏口を開けて待っていた。

「さあ、中へ入ってくれ。昔はいつも、この裏口から出入りしとったやろ。親父《おやじ》に表

から出入りしたら商売の邪魔になる言われて、わしら家族も表からの出入りはできんかった。裏口が家の玄関みたいなもんや」

水道の横にガス器具が一台置いてあるだけの炊事場と汲み取り式の便所が隣り合わせになっており、その奥に四畳半の部屋がある。二階への階段は四畳半の押入れの中に斜めにかかっていた。質草として預かっている品物は二階に保管してあった。

「いつもは夜八時まで店を開けてるんやけど、おまえがきたさかい今日は六時で店を閉める」

西岡洋次が家に入ると、高橋定吉は裏口の鍵を掛けた。それから表ののれんを下ろして鍵を掛け、台所から焼酎《しょうちゅう》の入った一升瓶とするめとグラスを二つ持って四畳半にもどってきた。

「ほんまにようもどってきた。わしはおまえより半年前にもどってきたさかい、おまえのことが心配で心配で……」

そこまで言って高橋定吉は顔を曇らせ視線を畳に落とし、黙って焼酎を西岡洋次のグラスにつぎながら、

「区役所に行ってきたか」

と訊いた。

「いいや。学校の先生から話は聞いた」

落胆して涙を浮かべている西岡洋次を慰めようのない高橋定吉も涙を浮かべていた。思えば長い歳月である。当時の尋常小学校から高等小学校まで同じ学校に通い、いつも兄弟のように一緒に遊び、戦地では南方方面まで一緒に転戦した。

「わしは区役所に行ったんやけどな、空襲のとき区役所も焼かれて書類一枚残ってないさかい、誰が誰やわからん言うんや。家を焼け出された者が、自分の家があった場所にバラックでも建てようとしたら、その場所に、その人間の家があったという権利書や証明書がないさかい建てられん言われて、つい最近まで大もめにもめたけど、結局警察の力で追い出されてしもて、焼け跡には近ぢか中学校が建つらしいわ。おまえの家族の遺骨を探してくれいうて頼んだんやけど、区役所は知らん顔や」

「遺骨は区役所に保管されてるはずや言うてたけどな」

学校の先生から聞いた話をすると、

「あることはあるけど、一ケ所にまとめてあるだけで、どれが誰の遺骨かわからへん」

と高橋定吉は言った。

区役所には行かなかったが、思った通りだった。少し酔いの回った西岡洋次の顔は涙と鼻水でぐじゃぐじゃになっている。そのぐじゃぐじゃになっている顔を西岡洋次はベルトに下げている手拭《てぬぐ》いでふいた。

「久しぶりに飲んだら、酔いが回るのも早いわ」

そのときブザーが鳴った。

普通の長屋にはブザーなどないが、質屋という商売柄、厳重な戸締りをしているのである。

「息子や。焼け跡でトンボ捕りをしとったんや」

西岡洋次に同情して涙を浮かべていた高橋定吉の顔と声が急に明るくなって腰を上げ、裏口を開けに行った。

部屋に入ってきた高橋定吉の息子は西岡洋次に眩《まぶ》しく映った。五年生だという。生きていれば西岡洋次の長男も五年生になっているはずだった。

「大きなったなあ」

と西岡洋次はまるで自分の息子のように高橋定吉の息子を眺めた。

「西岡のおっちゃんや。憶《おぼ》えてるか」

一人息子を見つめる高橋定吉の幸せそうな姿に西岡洋次は嫉妬《しっと》のようなものを感じた。

「憶えてるわけないがな。わしが知ってた頃はまだよちよち歩きやったさかい」

両手の指に二匹のトンボを挟んでいる高橋定吉の息子ははにかみながら頭をこっくりさせると、押入れの板戸を開けて二階へ上がって行った。

「元気で明るい、ええ息子やなあ」

と西岡洋次はうらやましそうに言った。

「わしにはあいつしかおらんのや。あいつが一人前になるまで、なんとか頑張ろう思て」

目の中に入れても痛くないほど息子を可愛《かわい》がっている様子がうかがえた。

人生の明暗を分けた二人は酒をくみ交わしながら長い夜を過ごしていたが、午後十一時を告げる柱時計の音に酔いが回っていた西岡洋次はふとわれに返って、

「えらい遅うなってしもた」

と言った。

「ええがな。久しぶりに会《お》うたことやし、今夜はうちに泊っていってくれ」

と高橋定吉は残り少ない一升瓶の焼酎を西岡洋次のグラスについだ。

「おおきに……」

行くあてのない西岡洋次はしょんぼりとうなだれてつがれた焼酎を口にした。そし

て言いそびれていた言葉を胸の奥から無理矢理引きずり出すように言った。

「あのな、ご馳走《ちそう》になったうえ、こんなこと言いづらいんやけど……」

と西岡洋次は電車の中で紐を切られてズックカバンをまるごと盗まれたこと、公衆便所の肥壺に偶然十円が落ちていたこと、そして明日から行くあてもなく仕事もなく、路頭に迷って野垂れ死ぬかもしれないことなどを話し、なんとか支援してほしいと頼んだ。

「わかってる。おまえも辛《つら》いやろけど、なんとかせんとな。ただ、見ての通り長屋の奥でやってる質屋なんか、その日、喰っていくのがやっとや。せやさかい、たいしたことはでけへんけど、なんとか力になりたい思てる。さっきから考えてたんやけど、鶴橋の闇市で運送屋をやったらどやろ。運送屋いうてもリヤカーに荷物を積んで運ぶだけや。闇市では荷物の運搬に困ってる連中が割合多いらしいで」

持つべきものは親友だと思った。西岡洋次はこみあげてくる感情を抑えることができずに声をあげて泣き、

「すまん、おおきに」

と何度も頭を下げて感謝した。

一階の四畳半の部屋に床を敷いてもらい、横になった西岡洋次は不思議な気分を味

わっていた。消灯した暗い部屋の中で現実と夢の間を往《い》ったりきたりしているような気分だった。いまある自分は自分なのか、あるいは自分は死んでいるのかもしれないと思ったりした。家族が死んでいること自体、非現実的であった。五日前までは南方の捕虜収容所にいて、その前はジャングルの中を彷徨《さまよ》い、その前は中国大陸を転戦していた自分が、いま日本の大阪の高橋定吉の家に泊っているのが不思議でならなかった。大陸の地平線にゆらゆらと揺らぎながら没していく巨大な夕陽《ゆうひ》のあとに迫ってくる闇《やみ》と静寂と深遠なまでに美しい夜空は夢そのものである。夢なのか現実なのか。現実なのか夢なのか。どちらともわからない西岡洋次は金縛りにあってうなされている自分の声を聞きながら目を覚まし、瞼《まぶた》を閉じると二度と現実にもどれないのではないかと思いながらふたたび眠りの底に陥《お》ちていった。

翌朝、目を覚まして便所へ行こうとした西岡洋次は、

「お早《は》ようさん」

と台所で朝食の用意をしている高橋定吉から挨拶《あいさつ》された。

「なにもこんな早ようから気使《つこ》うて食事の用意をしてもらわんかてええがな」

西岡洋次は自分に気を使って朝早くから食事の用意をしてくれていると思ったが、そうではなくて、学校へ行く息子の朝食と弁当の用意をしていたのである。それを知

った西岡洋次は感心した。

「まあ、はじめは大変やったけど、慣れてきたら結構楽しいもんや」

そう言いながら朝食の用意をしている姿がほほえましかった。

食事の仕度をととのえた高橋定吉は二階へ上がって息子を起こそうと何度も声を掛けていたが、息子はぐずついてなかなか起きないようだ。

「勤《つとむ》、早よ起き。もう時間やで。早よ起きんと遅刻するで。勤、勤」

と息子に声を掛けて根気よく起こしている。

やっと起床した息子は父親と一緒に降りてきて塩で歯を磨き洗顔すると、食事が用意されている卓袱台《ちゃぶだい》の前に座って、側《そば》にいる西岡洋次にぺこりと頭を下げた。

「お早ようさん。勤君は賢いな。お父ちゃんの言うことをよう聞いて、しっかり勉強しいや」

と西岡洋次は言った。

ご飯とみそ汁をよそっている高橋定吉の手つきが、まるで母親のようだった。

食事が終ると息子はカバンを提げ、弁当を持って元気な声で、

「行ってきます」

と勢いよく裏口から出て行った。

「子供がいるといないとでは全然ちがうな。子供がいると張りが出るやろ」

すべてを失った西岡洋次にとって、子供はかけがえのないものに思えた。

「まあな。せやけど、いつまでも男手ひとつで子供を育てるのも考えもんや。かと言って嫁をもらうのも考えもんやしな」

その口ぶりから高橋定吉は悩んでいるらしかった。

「おまえはまだ若いんやし、嫁をもろたらええんちがうか」

と西岡洋次は意見を述べた。

「嫁に息子が馴染《なじ》むかどうか、それが心配や。それに嫁とわしとの間に子供ができたら、嫁は息子を邪険《じゃけん》にあつかうかもしれんし。そうなったら、心配の種が増えるだけやしな」

気の弱そうな高橋定吉は先のことを考えて再婚に踏みきれないでいるのだ。

「親戚《しんせき》に紹介されて二回見合いしたんやけどな、ろくな女ごはおらんのや。わしが質屋をしてるさかい、わしに金があると思てるんや。それがいやなんや」

高橋定吉は何かにつけて金がないのをほのめかすのだった。それは西岡洋次を牽制《けんせい》しているようにも聞えた。

食事が終ったあと、高橋定吉は格子で仕切られているドアの鍵を開けて玄関の隅に置いてある中古自転車とリヤカーを西岡洋次に見せた。

「先月、質流れになった自転車とリヤカーや」

自転車とリヤカーは几帳面《きちょうめん》な高橋定吉の手できれいに磨かれてあった。西岡洋次は目を見張った。急に目の前が明るくなり希望が湧《わ》いてきた。

「この自転車とリヤカーをおまえに貸しとく。あるとき払いの催促なしや。おまえに余裕ができたら代金を払うてくれ《けろ》。それから百円貸しとく。おまえとわしは幼友だちやけど、金の貸し借りははっきりしとかんと、あとでもめて友情が台なしになるさかい」

もっともな話である。だが、厳しい態度だった。それでも自転車とリヤカーと百円を貸してくれたのは友情の証《あか》しだった。西岡洋次は借用証を書いて拇《ぼ》印《いん》を押した。

裏口に脱いだ靴を履いて外に出ると、昨日ついてきた秋田犬のような犬が、一晩中待っていたらしく裏口の地べたに座っていた。そして西岡洋次の姿を見ると尾っぽを振って擦り寄ってきた。

「昨日、小学校のプールに落ちてたのを助けてやったら、それからずっとわしのあとをついてくるんや。ここで一晩中待ってたらしいな」

困ったように言いながら西岡洋次はじゃれついてくる犬の頭を撫でてやった。

「ちょうどええがな。この犬にリヤカーを引かせたら、少しは楽やで」

と高橋定吉が言った。

「それもそやな。すまんけど、今朝の食べ残しがあったら少しくれへんか。こいつは昨日から何も食べてないと思うんや」

家族を失った西岡洋次は自分になついてくる犬が愛《いと》おしいものに思えるのだった。菜っ葉のみそ汁といわしの頭とご飯をまぜた残飯を、飢えていた犬はアルミの容器ごと食べつくさんばかりに食べて、まだもの足りなそうな顔をしていた。

西岡洋次は自転車とリヤカーをボルトで結合し、犬の首に縄を巻いてリヤカーにつないだ。

「おおきに、ほんまにおおきに。これでわしも少し元気でてきたわ」

西岡洋次は高橋定吉に何度も礼を述べた。

「七のつく日は休みやさかい、また遊びにきてくれ」

気さくに言ってくれる高橋定吉の気持がありがたかった。西岡洋次は高橋定吉に見送られて弁天市場の裏を抜けて、市電通りから鶴橋に向った。

古い家々が、もたれ合うように建っている。中にはいまにも倒壊しそうな家もある。市電通りと疎開通りの交差点に青果市場があり、その裏に大日本印刷会社のひときわ大きな建物があった。子供の頃、夏祭りや秋祭りの折りによく行った比賣許曾《ひめこそ》神社も焼けずに残っていた。

疎開通りを越えて鶴橋の闇市に近づくにつれて人通りが多くなってきた。西岡洋次は電車の中でズックカバンを切り取られたのを思い出して緊張しながら、魚介類や雑穀類や食料品の卸し問屋が密集している狭い通路に迷い込んだ。混雑している人々の間をぬって自転車とリヤカーを引きながら西岡洋次はどうしたものかと戸惑った。荷物を運ぶような仕事があるのだろうか。リヤカーがやっと通れる狭い通路を抜けて西岡洋次はつぎの通路に入った。店先にはさまざまな食料品が山と積まれている。この物資不足の時期に食料品が山と積まれているのが不思議だった。街には飢えた浮浪者や女、子供が行き場を失って彷徨《さまよ》っているのに、ここにはさまざまな物資が溢《あふ》れている。これらの商品は、いったいどこからどのようなルートで入ってくるのか西岡洋次には見当もつかなかった。店先で取引した札束を数えている者もいた。

卸し問屋街を一周した西岡洋次は闇市に入った。そこはさらに人々が増え、自転車とリヤカーの通行が困難なほどだった。タオル、石鹸《せっけん》、下着や古着、履き物、鍋、やかん、陶器類、その他、日用雑貨から煙草、酒類、うどんの雑炊、などが売られている。それらの商品を売っているほとんどの者が方言のようなイントネーションを引きずっている朝鮮人だった。

「安くしとくで」

とスリップ姿の女が声を掛けてきた。四十は過ぎていると思われるその女の前歯が眩しいほど光っていた。金歯がずらりと並んでいるのだ。確かに金歯は高価な代物ではある。その金歯を女は自慢気に見せるのだった。

西岡洋次はとっさに、

「何か運ぶもんおまへんか」

と女に訊いた。

「運ぶもん？」

女はいぶかしげに自転車とリヤカーと犬を見て、

「何でも運んでくれるんか」

と言った。

「へえ、何でも運びます」

はじめて仕事にありつけると思った西岡洋次は手をさすって愛想笑いを浮かべた。

「そのかわり、運んで行ったら、もどってきたらあかんで」

スリップから透けて見える垂れ下がった乳房と、たっぷり脂肪のついた下腹部がいかにも卑猥《ひわい》だった。

西岡洋次は女にバラック小屋の奥へ案内され、運ぶ物を見せてもらって驚いた。薄暗い三畳ほどの板間の隅に、骸《むくろ》のような老婆が体を折り曲げて横になっていた。こけた頰《ほお》の皺《しわ》が口元を締めつけるようにしぼみ、窪《くぼ》んだ眼窩《がんか》の奥のよどんだ瞳が空《くう》を見つめていた。

「婆《ばあ》さんがいるおかげで商売があがったりやねん。道端に寝かしとくわけにもいかんし、どこかへ運んでくれたら三百円出すわ。どないや。悪ない思うけど」

どこかへ捨ててくれということは要するに殺してくれという意味である。立ちすくんでいる西岡洋次の耳元に女が口を近づけて言った。

「なんやったら、いっぺんだけやらせたるわ」

女がスリップの紐を肩からずらすと垂れ下がった黒い乳首が現れた。脂肪の塊りのような腰をくねらせて女は西岡洋次に迫ってきた。柘榴《ざくろ》のような匂いがした。西岡洋次は押し倒されそうになりながら、

「この婆さんは誰でっか？」

と訊いた。

「わてのおかはんや」

「あんたのおかはん……でっか……」

雑踏や拡声器から流れている流行歌や客寄せの声が入りまじっている外の明るい陽射しは、バラック小屋の奥の板間から見ると眩しいほどであった。リヤカーにつながれた犬は主人が出てくるのをおとなしく座って待っていた。西岡洋次はすでに勃起している一物を女にしっかり握られていた。

「なあ、ええやろ。どっかに運んで行って、捨ててしもたら誰にもわからへん」

女がベルトをはずすと西岡洋次は自分からズボンを脱いだ。自分の意志とは反対に抵抗し難い欲情が記憶の底から蘇《よみがえ》ってくるのだった。柔らかくて生温かい粘体質の暗い洞窟《どうくつ》の奥へ奥へと誘い込まれて、西岡洋次はいつしか女の腰をしっかりと摑《つか》み、垂れ下がった乳房を吸っていた。そして西岡洋次はふと横臥《おうが》している老婆に睨《にら》まれているような気がしたとき射精した。同時に悔恨のような苦い唾液《だえき》が口腔《こうこう》に広がった。

「婆さんは、わしらの話をわかってんのか」

西岡洋次はパンツとズボンをはきながら訊いた。

「わからへん。もう何もわからへん。自分が生きてるのか死んでるのかもわからへんのや」

「せやけど、息もしてるし眼も動いてるがな」

「そら、まだ生きてるさかい動くわいな」

　ふたたびスリップ姿になった女は小屋の隅から以前、白菜漬けに使っていたと思われる大きな樽《たる》を持ってきて板間に置いた。

「こんな樽に婆さんが入るわけないやろ」

　大胆というより、あまりに突飛な女の行為に西岡洋次はあきれたが、

「大丈夫、入るさかい。婆さんは背中も腰も曲ってるし、ちぢかんでるさかい、膝《ひざ》をたたんで三つ折りにしたら入る。この前やってみたんや」

　と、すでに実験済みであると言うのだった。その平然とした無神経さに西岡洋次は何も言えなかった。そして女に指示されるがままに老婆をかかえた西岡洋次は歳をとるとこんなにも縮こまって小さくなるものなのかと驚いた。綿のように軽い老婆は虚《うつ》ろな視線を西岡洋次にそそぎ、なかば開けた口からかすかな呼吸をして、沈黙していた。苦痛とも哀しみともつかない表情の中に恐怖の色が浮かんでいた。しかしひと言も声を発しない老婆の無言の抵抗は死への意志をあらわしているように思えた。西岡洋次が抱きかかえた老婆を樽に入れると、老婆はすっぽり収まった。まるであつらえた棺桶《かんおけ》のようだった。それから樽に蓋《ふた》をして釘《くぎ》を打ちつけ、縄で十文字に縛った。

「これでええわ。ほな運んでんか」

女が三百円を出して言った。

「いまから運ぶんでっか。まだ昼前でっせ」

西岡洋次は怖《お》じ気《け》づいて尻ごみした。

「昼の方が安全なんや。誰も婆さんを運んでると思うかいな。早よ行き！」

凄《すご》みのある声だった。その凄みのある声に圧倒されて西岡洋次は老婆の入った樽をかついでリヤカーに載せ、いま一度縄で樽をリヤカーにしっかり縛りつけて、その場をあとにした。

街には怒声、哄笑《こうしょう》、泣き声、呻《うめ》き声が溢れている。ありとあらゆる雑音が西岡洋次の頭蓋《ずがい》の中で渦巻いていた。市電やバスが通過するたびに脆弱《ぜいじゃく》な地盤が小さな地震のときのように揺れるのだった。そのたびに西岡洋次は脅《おび》えて息苦しくなった。そして西岡洋次はひたすら歩き続けた。途中、警官に呼び止められはしないかと、そのときのための弁明を考えながら歩いていたが、頭の中は真っ白になっていた。あの垂れ下がった乳房と脂肪の塊りのような肉体と黒い茂みの奥の粘体質のような暗い洞窟の向う側にある快楽の世界が西岡洋次の感覚を麻痺《まひ》させていた。どこかで同じような感覚を味わったような気がする。そう遠くないどこかで――中国戦線だったのか、南方の島だったのか、快楽と殺戮《さつりく》が同じ感覚だったことがある。過ぎ去ってしまえば、すべては夢・幻のようだった。いま起こりつつある現実も夢なのかもしれなかった。

西岡洋次は省線のガードに沿って玉造《たまつくり》方面に向い、途中から路地に入って中道の焼け跡に出て雑草の中にひそみ夜がくるのを待った。樽の中の老婆は生きているのか死んでいるのかわからなかった。不意に叫び声と悲鳴をあげて樽ごと走りだすのではないかと思えた。西岡洋次は老婆に声を掛けてみようか、それとも蓋を開けて逃がしてやろうかとも考えた。しかし身動きとれない老婆を樽から出してやったところで、野垂れ死ぬ運命なのだと思った。

陽《ひ》が西に傾き、空がはんのりと朱色に染まる頃になると、トンボを捕るため焼け跡に大勢の子供たちが集まってきた。その中には高橋定吉の子供もいるにちがいなかった。

やがて陽が落ちると、子供たちは家路につき、焼け跡に深い闇と静寂が訪れた。西岡洋次は闇にひそむけもののように息をひそめて夜が更けるのを待った。月明りに照らされている焼け跡は、まるで滅亡した古代王国の廃墟《はいきょ》のように不気味で美しかった。二頭の野良犬の眼が闇の中に光っている。西岡洋次の犬は本能的に二頭の野良犬を警戒して耳を欹《そばだ》て低い唸《うな》り声をあげた。

「しーっ」

と西岡洋次は犬の頭を軽く叩《たた》いた。昂《たかぶ》っている犬の感情を静めることで自分の感情をも静めようとした。

どのくらいの時間が過ぎたのか、東の方から風が吹き、いつしか空は雲におおわれていた。月明りに照らされている焼け跡に空を流れる雲の影が映り、回り灯籠《どうろう》の影絵のようだった。西岡洋次は腰を上げ、あたりの様子を用心深く見渡してからリヤカーを引いた。焼け跡を斜めに横切ると中道国民学校の講堂の裏あたりに出て、すぐ近くを平野運河が流れているのだった。運河の向う岸には材木が積まれていて人家はなかった。西岡洋次はその場所を選んだのである。そして運河の岸に着いた西岡洋次は流れる雲が月の明りをおおい隠してくれるのを待って樽を投げ込んだ。投げ込んだとき、西岡洋次はかすかな叫びを聞いたような気がした。

投げ込まれた樽はよどんだ運河の中ほどに浮いたまま動かなかった。だが、明け方近くの満ち潮で運河が逆流すると樽もその流れに乗って、市電通りの橋桁《はしげた》のゴミを取る網にかかってしまった。橋桁のゴミ取り網にかかっている樽を通行人が発見して警察に通報したのは午後三時頃だった。駆けつけてきた三人の警官は橋の上や運河の両岸に群がっている野次馬が見守る中、長い柄の鳶口《とびぐち》で樽を引っ掛けて岸へたぐり寄せ、蓋を叩いて割ると樽の中から水ぶくれした死体がぬーっとふくらむように出てきた。

驚いた警官は思わず鳶口の先端の鉤《かぎ》で死体を引っ掛けた。死体の皮膚が破れて白い液が飛び散った。水ぶくれしたためか皺だらけだった老婆の顔から皺がなくなり、蠟《ろう》人形のように若々しく見えた。

二

三百円の金はすぐに使い果たした。

老婆の入った樽を運河に投げ込んだあと、西岡洋次は雑草の中にまぎれ込んで一晩過ごし、午前八時頃にリヤカーを引いて闇市の女のバラック小屋に向った。垂れ下がった乳房、黒い乳首、豊満な下腹部の奥に息づいている得体のしれない生きものに呑み込まれていく絶望的な快楽が大脳の皮膜にこびりついて離れないのだった。

それぞれが勝手に建てたバラック小屋やテントが軒を並べて、自然にできた狭い通路はいつしか闇市の専用通路となって目に見えない縄張りをつくっていた。そして闇市を専有しているのはほとんどが朝鮮人だった。朝鮮語なまりの強い日本語で客を呼び込んでいる声が西岡洋次には不可解な音楽のように聞えた。行くあてのない浮浪者たちが、闇市の中をただぞろぞろと歩きながら、道端に落ちている煙草の吸い殻やゴミ箱の残飯を漁《あさ》っていた。

西岡洋次は雑炊を二杯買って、一杯は自分が食べ、一杯を犬に与えた。それからリンゴ箱の上に肴《さかな》のホルモンを置き、焼酎とドブロクを売っている店の前にきて少し考えてから、ドブロクを注文した。豚の内臓を肴にどんぶり鉢でドブロクを飲むのははじめての経験だった。朝からホルモンを肴にドブロクを飲んで空を仰いだ西岡洋次は太陽の眩しさもあって、ぐらりと天地がゆれるのを感じてよろめいた。朝鮮服を着た三十過ぎの女が、もう一杯飲むか、と勧めるのを断わって西岡洋次は歩きだした。女のバラック小屋へ行こうか行くまいか逡巡《しゅんじゅん》していたが、気が付くとそのバラック小屋の前にきていた。西岡洋次が板戸をそっと開けて中の様子をうかがおうとしたとき女の声がした。

「やっぱりもどってきたんかいな」

西岡洋次の行動は先刻お見透しだというようにそう言って、女は唇に嘲《あざけ》るような笑みを浮かべた。小さな窓から射《さ》し込む薄明りの中の女のスリップ姿は淫《みだ》らで挑発的だった。西岡洋次はいきなり女の体に抱きついた。

「昨日、渡した三百円出し。そしたらやらせたるわ」

女は西岡洋次を突き放して手を差し出した。

「さっき、ちょっと使《つこ》てしもて、これしかない」

西岡洋次は高橋定吉から借りた百円とは別に、二百七十円を出した。

金を受取った女は、

「まあ、ええわ」

と煙草に火を点《つ》けて口にくわえ、板間に仰向けになってパンティを脱ぐと両股《もも》を開いた。その開いた両股の間に西岡洋次は頭ごと突っ込んで舌を這わせた。

「ちょっと、面倒臭いことせんと、早よやり」

女に髪の毛を摑まれた西岡洋次はしがみつくように女の体の中に没入した。

「おかはんをどこに捨てたんや」

女は煙草をふかしながら訊いた。

「運河に捨てた」

女の肉の襞《ひだ》をかき分けて西岡洋次はひたすら欲望の海を泳いでいた。

「新聞に出ると思うけど、見たらあかん。新聞を見たら、怖じ気づくさかい」

西岡洋次は女の話をうわの空で聞きながら、暗い過去から抜け出そうとするかのように女の体にしがみつくのだった。

「あんたも往生際の悪い、ひつこい男やな。早よいき」

女が腰に力を入れると西岡洋次はあっけなく果てた。

パンティをはいて女が立ち上がると、どこからともなく一人の男が現れた。五分刈り頭で屈強な体つきをしている。不意に現れた男に西岡洋次は動転した。女との性交をちくいち見られていたのかと思うと激しい恥辱を覚えた。

「こいつやねん、おかはんを運んで行って捨てた奴は」

女の声に憎しみがこもっていた。あたかも西岡洋次が勝手に女の母親をどこかへ捨てたかのような言い方だった。

「こいつか」

男はせせら笑って西岡洋次に近づいた。

「ええか、二度とこのへんをうろつくな。このへんをうろついたら、今度はおまえが運河に浮かぶことになる。わかったな」

西岡洋次の全身を冷たい感触が電流のように貫いた。男の匕首《あいくち》の切先が西岡洋次のどてっ腹に当てられていたからだ。

「おまえもわしの女とええ目をしたんやさかい、言うことないやろ」

男の眼に殺意がこもっていた。

西岡洋次はあたふたと小屋を出てリヤカーを引き、行くあてもなく街を徘徊《はいかい》していたが、ふたたび焼け跡の雑草の中にもどってきた。たわいもなく女の口車に乗せられて老婆を運河に投げ込み、いままた金を巻き上げられて男に恫喝《どうかつ》され、はうほうの態《てい》で逃げた自分の馬鹿さかげんにうんざりした。なぜ女の口車に乗せられたのか自分でも不思議だったが、女は戦災で死亡した妻に似ていたのだ。

事件は各新聞に大きく報道されたが、西岡洋次は女の忠告を守って新聞を見なかった。そして三日もすると、つぎからつぎへと発生する大きな事件に一人の老婆の死は片隅へ追いやられ、かき消されて、世間はそんな事件があったことすら忘れ去っていた。実際、西岡洋次の周辺に捜査の手が伸びてくるような気配はまったくなかった。

雑草の中に拾ってきた四本の棒を立て、ぼろ布でおおって、西岡洋次はそこを仮りの棲《す》み家にしてひっそりと暮らしていた。しかし、男に恫喝されてから西岡洋次は闇市に近づけなかったので、リヤカーでの運送業はできなくなり、鉄屑拾いをして、かろうじて一日一食ありつけるかどうかの生活をしていた。高橋定吉から借りた百円も使い果たし、一日水だけを飲んで過ごした西岡洋次が、思いあまって質屋の閉店時間を見計らって高橋定吉を訪ねると、ちょうどのれんを仕舞おうとしている高橋定吉に出会った。

高橋定吉は西岡洋次に裏へ回れと合図した。西岡洋次は一段と落ちぶれた恰好《かっこう》をしていた。伸び放題の髭《ひげ》が痩《や》せ細った顔をおおい、白内障の眼は薄気味悪くよどんでいた。埃《ほこ》りと垢にまみれた服の襟や袖が黒ずんでほころびている。一ケ月ほど見ぬ間に西岡洋次は変わり果てていた。裏の戸口からおずおずと入ってきた西岡洋次の汚い姿に高橋定吉は嫌悪を隠さずに言った。

「表からはこんといてや。うちは客商売やさかい、昔から家の者でも表から入れなかったんや」

「わかってる。すんません」

高橋定吉の冷ややかな声に西岡洋次はつい卑下して謝った。

「風呂に入ってないんかいな」

高橋定吉は不潔で卑しいものでも見るように言った。

「しばらく入ってないんや」

「そしたら風呂に行ってこい。洗面用具貸したるさかい」

「それが、風呂行く金がないねん」

「風呂代もないのか」

高橋定吉はあきれ顔でがま口から一円を出して渡した。その一円を受取る西岡洋次の垢だらけの手がかすかに震えていた。

　銭湯から帰ってきた西岡洋次は見ちがえるようにきれいになったが、汚れた服装はそのままだった。高橋定吉は諦め顔で西岡洋次を部屋に上げた。息子は二階にいるらしかった。

「晩飯はいつも店を閉めてから喰うことにしてるんや。客がいつくるかわからんさかい。息子には六時頃に晩飯喰わせて、そのあと風呂に行かせて、ついさっき二階へ上がったとこや。わしは一人で何もかもやらんならん。おまえはたった一人や。せやのに何で喰っていけんのや」

　卓袱台《ちゃぶだい》の上の冷や飯とたくわんと干し魚とみそ汁を口に運びながら高橋定吉は腹だたしげに言った。

「運送の仕事がないのや。この一ケ月、鉄屑を拾うて、なんとか喰いつないできたんやけど、どうにもならんようになってしもて。すまん、もう一回面倒みてくれ」

　西岡洋次は畳に額を擦《こす》りつけて頼んだ。高橋定吉はたくわんをぽりぽり嚙《か》みながら憮然《ぶぜん》としている。

「自転車とリヤカーは三千円もする代物や。いまどき自転車とリヤカーを持ってる者は、そうざらにはおらん。復員してきた連中はみんな裸一貫や。おまえはまだ恵まれてる方や。戦争に負けた日本は弱肉強食の世の中や。泣きごと言ってる場合とちがうで」

三千円はする自転車とリヤカーと、そのうえ百円まで貸してやったのに、一ケ月後に見るも無残な姿で現れた西岡洋次のふがいなさがよほど気に入らないらしく、高橋定吉はいつになく厳しい口調で責めた。長屋の奥で営んでいる質屋がどれほどわびしく厳しいか、西岡洋次にはわかるまいと言いたげだった。

「百円貸して七円、千円貸したら五分の利息で五十円や。月に五、六千円貸して三百円そこそこの利息しか残らん。その中から税金とか組合費とか、なんやかんやと出ていくばっかかしで、結局喰っていくのがやっとや。流れた品物はすぐに処分せんならんさかい、ときには元金を切って手放すこともある。せやけど質屋は元金は少しずつ増やしていかんと蛸《たこ》みたいに自分の足を喰っていくはめになる。インフレはますますひどうなるいうのが業界でのもっぱらの噂《うわさ》や。そうなったら、わしらみたいな小さな質屋はどないなるかわからん。毎日、戦々兢々《せんせんきようきよう》や」

愚痴をこぼす相手のいない高橋定吉は、この際、西岡洋次に八つ当たりしているようだった。西岡洋次は黙って高橋定吉の愚痴を聞いていた。

「いつまでも父子《おやこ》だけで暮らすわけにもいかんしな、わしは近ぢか嫁をもらうことにした。はっきり言うけど、嫁をもろたら、そんな恰好で家に出入りしてほしないんや。わしはおまえにやるだけのことはやったつもりや」

　晩酌のつもりで飲んでいた酒の量がいつもより増え、高橋定吉の顔が赤味をおびて西岡洋次をあからさまに軽蔑《けいべつ》するのだった。

「わしは無器用な人間や。どないしたらええのかようわからんのや。ただ昨日から何も喰ってないさかい、こないして頼みにきたんや。わしに死ぬ勇気があったら、こないして頼みにはこん。おまえにこれ以上、迷惑はかけとうない。せやけど、どないもならんのや。頼む、もう一回だけ面倒みてくれ」

　西岡洋次は藁《わら》をも摑む思いで畳に額を擦りつけて頼んだ。

「あかん。たとえ誰であっても面倒は一回しかみないのが家訓や。面倒みだしたらきりがないいうのが親父の教えや。親父は家訓を守ったさかい、小さな質屋でも残せたんや」

　何かにつけて父親を引き合いに出して家訓がどうのこうのともったいぶった口調で偉そうなことを並べて断わる高橋定吉のかたくなな態度に、西岡洋次はしだいに腹だたしくなってきた。

「この質屋が残ったのは戦災で運よく焼けなかったからや。もし戦災でわしの家が焼けずにおまえの家が焼けてたら反対の立場になってたはずじゃ。おまえはわしに、ようそんな言い方できるな。おまえとわしは兵隊にとられたのも同じ年やった。南方のG島では同じ部隊で三年間一緒に戦った。それから連合軍の猛反撃で部隊は全滅、生き残ったのはおまえとわしだけや。二人で筏《いかだ》を作って一緒に島から島を逃げ回って、やっと日本に帰ってきてみたら、わしの家は焼かれて家族は死んでおらんし、おまえの家は戦災をまぬがれて残っていた。それが家訓と何の関係があるんや。

もっと言うたろか。おまえとわしは生涯誰にも言えん秘密を共有している。そやろ、ちがうか、ええ、ちがうのか、そやろ！」

興奮してきた西岡洋次は語気を強めて高橋定吉に詰め寄った。

「いまごろ何を言いだすねん。あほなこと言うな。わしを脅す気か。わしはおまえと秘密なんか共有してない」

酒が回って少し赤味をおびていた高橋定吉の顔が蒼白《そうはく》になっている。

「そうか、そういうつもりか。そしたら思い出させてやる。G島で筏を作って逃げだし、六日間、飲まず喰わずで或《あ》る島に着いたのは憶えてるやろ」

「知らん」

と高橋定吉はかぶりを振った。

「島の名前はわしも知らん。島に着いて、わしらが、何か食べる物はないか、敵はいないのか、現地人はいないのか、びくびくしながら森の中を歩いてたら小さな集落があった。おまえとわしが二手に分かれて十四、五軒の集落を調べてたら一軒の家に一人の娘がいて……」

ここまで言うと息をはずませて喋《しゃべ》っていた西岡洋次は口をつぐんだ。そして高橋定吉が飲んでいたグラスの焼酎を一気に飲み干した。思い出すのもおぞましい記憶だった。西岡洋次自身、思い出したくない記憶である。だが一度思い出した記憶は嘔吐《おうと》のようにこみあげてきて、押しとどめることができなかった。

二手に分かれた二人は足音を忍ばせて十四、五軒の藁ぶき小屋を一軒一軒用心深く調べた。たぶん連合軍の猛攻撃が始まって危険を察知した集落の者はいち早く逃げたのだろう。小屋の中には水甕《みずがめ》と石を集めて作った炉の跡があるだけで何もない。森は鳥の啼《な》き声も猿の鳴き声もなく深閑としていた。もちろん食物もまったくなかった。

ところが何軒目かの小屋に入ったとき、西岡洋次は人の気配を感じて素早く銃剣を構えた。小屋の窓から射し込む木洩《こも》れ陽《び》が水甕の置いてあるあたりを照らしていた。その水甕の陰から人間のつま先がのぞいていたのである。はじめは生きている人間のつま先ではないと思って、西岡洋次が銃剣を構えたまましばらくじっと見つめていると、つま先がすーっと水甕の陰に消えた。人がいる！　西岡洋次は息を止めて水甕の陰を透かすように見つめた。そこには脅えてがたがた震え、金縛り状態になっている一人の少女が隠れていた。その震えている少女の腕を西岡洋次はさっと摑んで引きずり出した。そのとき、少女は甕《かめ》につまずいて倒れ、甕の割れる音を聞いて高橋定吉が駆けつけてきた。そして少女を見た高橋定吉は驚いた。

なぜ少女が小屋にいるのか、逃げ遅れてとり残されたのか、それとも誰かを待っているのか。いずれにしても集落の者が逃げたのは数時間前か、あるいは西岡洋次と高橋定吉の軍服姿を見て逃げたのかもしれない。

筏を作ってG島から脱出する前から数えると、西岡洋次と高橋定吉は六日以上何も口にしていなかった。二人とも歩く気力と体力が失《う》せていた。これ以上飢えが続くと野垂れ死ぬのは明らかであった。獣が獲物を爪《つめ》で押さえ込むように西岡洋次は甕につまずいて倒れた少女の腕をしっかりと摑んだ。そして側にいる高橋定吉に、

「もうこれ以上待てない。どうする？」

と言った。

高橋定吉は何をどう判断していいのかわからず混乱しているようで何も答えない。

だが、目前に迫っている餓死という恐ろしい事態だけは避けなければならない。そのためには、さらなるもっと恐ろしい事態を避けて通れそうもない。誰も見ていないが誰かが見ているかもしれない。心の中のもう一人の自分、もう一人の誰か、誰も見ていないというのはすべての人間が見ているということではないのか。そしてすべての人間が見ているというのは誰も見ていないということなのだ。そうだ、この戦争はすべての人間が知っているが、おれたちを知っている者は誰もいない。

「こいつを逃がしたら、わしらのいることがばれてしまう」

自分に対して言い訳が必要だった。誰も見ていないのだから何も証明できないという言い訳である。

西岡洋次は少女の上にまたがり、ベルトの手拭いを取って少女の口に押し込んだ。少女の叫び声は喉《のど》の奥で詰まり、大きな黒い瞳に恐怖と絶望の色が広がった。西岡洋次が首を絞めると少女は両腕と両脚をばたつかせて抵抗した。

「ここではまずい」

と高橋定吉が言った。

その声に西岡洋次は首を絞めていた両腕の力を抜いた。

「ここではまずい。証拠が残る」

そう言われてみると、やがてここへもくるであろう連合軍に証拠を残すのはまずいと思った。西岡洋次は少女の口から手拭いをとって立ち上がった。その一瞬の隙《すき》に少女は跳ね起きて逃げようとした。逃げようとした少女の脚に西岡洋次が銃床を引っ掛けると、少女は前へつんのめって倒れた。

「このガキ！」

西岡洋次は倒れた少女の両脚を摑んで引きずった。そのとき、腰に巻いていた布がはずれ、うっすらと陰毛がはえている少女の陰部が見えた。小柄で痩せていたので十歳前後の子供と思っていたが、実際は十四、五歳になっているのだ。そう思ってあらためて少女を観察すると乳房がふっくらとふくらんでいるような気がした。恐怖におののいている少女の大きな黒い瞳に涙が浮かんでいる。「助けてくれ」と言っているのだが、震えて歯がかみ合わず言葉にならなかった。

西岡洋次はいきなり少女の上におおいかぶさり、ふたたび手拭いを口に押し込むとズボンを脱ぎ、無理矢理自分の一物を少女の中へ挿入した。まるでワニが小羊をくわえ込んでいるようだった。西岡洋次の行為はほんの二、三分にすぎなかった。犯された少女は喉の奥からしぼり出すような声で泣いていた。

「ピー、ピー泣くな、このガキ！」

西岡洋次は軍靴で少女の頭を蹴《け》った。それでも少女は金属でガラスを切り裂くような声で泣いていた。

立ち上がってズボンをはいた西岡洋次は、

「定吉、おまえもやれ。どうせこいつは死ぬんやさかい」

と高橋定吉をうながした。

残忍でこのうえなく卑猥な行為は高橋定吉の妄想をかきたてたにちがいない。高橋定吉も少女の上におおいかぶさり、無理矢理挿入した。

西岡洋次と高橋定吉は証拠になるようなものは一切残さず、小枝の葉で足跡を丹念に消して集落を出た。逃げられないようにゲートルを首に巻かれ、全裸の少女は犬のように引きずられていた。ちぢれ毛で浅黒い肌の少女を西岡洋次はしきりにからかった。

「こいつは人間とちがうで。猿や、猿にそっくりや」

猿を犯し、猿を喰ったことにすれば少しは気が楽になるような気がした。

西岡洋次と高橋定吉は集落からできるだけ遠く離れ、人が容易に入ってこられないような場所を探して森林深く迷い込んだ。どのみち逃亡しているのだから、森林に迷い込み、外部から隔絶されればそれにこしたことはないのである。しかし、疲弊し衰弱している体は限界を超えていた。

「もうあかん。一歩も歩けん」

高橋定吉が樹木の根元にへたり込んだ。

湿度の高い熱帯森に内臓の水分をじわじわと吸い取られていくようだった。毛穴からしみ出してくる汗は衰弱している体の養分を一滴残らずしぼり出しているように思えた。

「このへんで殺《や》るか」

西岡洋次は殺意をあらわにした。

高橋定吉は黙って頷《うなず》いた。

西岡洋次は少女を樹木の陰に引きずり込んで押し倒し、口に手拭いを入れてふたたび犯しながら首を絞めつけた。身震いするほどのおぞましい快感だった。少女は爪で西岡洋次の腕を引っかき、足をばたつかせて抵抗していたが、やがて口と眼を大きく開けてつま先を引き攣《つ》らせ、全身を痙攣《けいれん》させながらこと切れた。少女の黒い大きな瞳に西岡洋次の顔が映っていた。その顔をじっと見つめながら西岡洋次はいつまでも少女の首を絞めつけていた。少女の陰部から血が流れてきた。

「洋次やめとけ。もう終ったんや」

高橋定吉がたまりかねたように声を掛けた。

「早よバラしてしまお」

と言って高橋定吉が軍刀で少女の死体を解体しだした。西岡洋次も軍刀で穴を掘った。そして穴の中に小枝を積み重ねて火を熾《おこ》し、その上に肉を載せてまた小枝を重ね、同じ工程をくり返して肉を焼き終えると首、内臓、骨、手足を穴に埋めた。

肉はこんがりと燻製《くんせい》のように焼けていた。その肉を二人は黙々と貪《むさぼ》り、残りの肉はカバンに入れた。それから二人は森の中を歩き続けたが、自分たちがどこを歩いているのか、どこへ行こうとしているのか、まったくわからなかった。ここがどれくらいの大きさの島なのか、それもわからない。日没とともに眠り、夜が明けると歩き、疲れると今度は同じ場所に二日も三日もこもっていた。少女の肉を食べつくした二人はまたしても飢えの不安と恐怖にさいなまれた。歩いても歩いても脱出できない迷宮の回廊を彷徨《さまよ》っているようだった。そんなとき二人の耳に打ちよせる波の音が聞えた。二人は最後の力をふりしぼって浜辺に出た。砂浜には数十隻もの米軍の上陸用舟艇《しゅうてい》が並び、星条旗が風にはためいていた。二人は手拭いで白旗をつくり、両手を上げてよろめきながら降伏した。

「おまえとわしは娘を犯し、娘の肉を喰った仲や。これは普通の仲やないで。ちがうか」

西岡洋次は舌なめずりしながら言った。あのときの光景を高橋定吉に思い出させようとしたのだ。

「お、おまえは何を言いだすんじゃ。そ、そんなこと、わしは知らん」

高橋定吉の額に脂汗がにじんでいる。熱帯森の中でじわじわと体内からしみ出してくる汗と同じだった。

「いまさらわしに隠すことないやろ。おまえとわしが経験したことや。二人で分け合ったんや、娘の肉を。おまえは、うまい、言うたやろ」

「そんなこと言うわけないやろ。言うた覚えない」

「言うた。確かに言うた。こんなうまい肉を喰うのは生まれてはじめてや言うた」

「わしがそんなこと言うわけないやろ」

「嘘《うそ》つけ！　わしもあんなうまい肉喰うたんは生まれてはじめてや。いまでもあの味は忘れられん。おまえもあの味を忘れられんはずや。忘れるわけがない。思い出したら、たまらんようになるやろ、オメコしとうて。ちがうか。そやろ、そやろ」

焼酎をグラスについでがぶ飲みしながら詰め寄る西岡洋次の異様な迫力に圧倒され

たのか、高橋定吉は後退《あとずさ》りした。

「おまえは頭がおかしなったんちがうか。おまえの言うてることはみんな妄想や。ありもしない話を頭の中で勝手にでっち上げて、わしを共犯者にしようとしてるんや。誰がそんな手に乗るか。帰れ、いにさらせ！　おまえにくれてやる金なんか、びた一文ない」

「家訓がどうのこうの、親父がどうのこうのとごたくを並べやがって。おまえはわしにそんなこと言えた義理か。おまえとわしは親・兄弟よりも強い絆《きずな》で結ばれてるんじゃ。なんせ、娘を犯《や》って、その娘を喰った仲やさかいな」

西岡洋次は何度も何度も同じことを強調するのだった。

「ええ加減にさらせ。息子に聞えたらどないする」

高橋定吉は二階を見上げた。柱時計が午前零時を告げた。

「聞えてもええやないか。自分の親父が何をやってきた人間か、この際はっきりさせたらどや」

「何をぬかす！」

高橋定吉が卓袱台《ちゃぶだい》の上の茶碗を西岡洋次に投げつけた。体をかわした西岡洋次は高橋定吉の腕を摑むと背後に回って首を絞めた。小柄だがずんぐりしている西岡洋次は昔から豆タンクとあだなされていて怪力の持ち主だった。西岡洋次の父も兄弟もみな力持ちで、腕自慢の家系であった。軍隊にいた頃、西岡洋次は大砲の或る箇所のネジを締めたとき力が入りすぎてボルトを折ったことがある。その怪力の西岡洋次に首を絞められた高橋定吉はもがく間もなく首の骨を折られて窒息死した。それでも西岡洋次はあの娘の首を絞めつけていたときと同じように、あまりにも力を入れすぎて高橋定吉の首を絞めつけている腕を解きほぐすことができずにいつまでも絞めつけていた。

ところが高橋定吉の息子の勤が便所に行こうと階段を降りてきて途中でこの光景を目撃していたのである。勤はとっさに階段を駆けのぼって逃げた。それに気付いた西岡洋次も階段を駆け上がってあとを追った。勤は果敢で敏捷《びんしょう》な少年だった。逃げ場を失った勤は大人でも躊躇《ちゅうちょ》するような高さの物干し場から体をひるがえして地面に飛び降りた。西岡洋次も物干し場から地面に飛び降りてあとを追った。深夜の路地裏を逃げながら勤は必死に助けを求めたが、百メートルほど走った空地でつかまり、首を絞められて死んだ。その勤の死体に西岡洋次は側にあった筵《むしろ》をかぶせた。

この時間帯に灯《あか》りのついている家はほとんどなかった。電力不足でときどき停電するので、節電のため午後九時か十時には消灯し就寝している家が多かった。西岡洋次はふたたび高橋定吉の家にもどった。自転車につながれておとなしく待っていた犬がもどってきた西岡洋次に尾っぽを振った。西岡洋次は犬の頭を撫で、裏口から家に入り、炊事場で足を洗って雑巾《ぞうきん》でふくと部屋に上がった。卓袱台の側に首を絞められた鶏みたいな恰好で少し鼻血を垂らしている高橋定吉が眼をむいて倒れていた。部屋の中は荒れていなかった。高橋定吉が投げつけた茶碗が部屋の隅にころがっているだけだった。いかに西岡洋次の動きが素早く力が強かったかだ。少年を追って二階へ駆け上がり、物干し場から飛び降りて百メートルほど疾走したのに西岡洋次の呼吸は乱れていなかった。西岡洋次は冷静そのものだった。しかし、なぜ高橋定吉を絞め殺したのかわからなかった。切羽詰まって金が欲しかったのは事実だが、高橋定吉を殺すほどのことではなかった。そのうえ目撃された息子まで殺してしまったのだ。島で少女を犯して殺害したときと同じような感情がこみあげてきたのだった。このどす黒い感情は何だろうと思わずにはいられなかった。

西岡洋次は足をふいた雑巾で注意深く自分の指紋を消しながら、金のありかを探した。机の引出しに三百円あるだけで、それ以外の金は押入れの金庫の中にしまってあった。鍵はあったが金庫の番号がわからない。西岡洋次は金庫の金を諦めて部屋の灯りを消し、そっと裏口から逃げて焼け跡にもどった。不思議なことに西岡洋次は警察に捕まらないだろうと思った。なぜなら、西岡洋次は高橋定吉とその息子を殺害した覚えはないと確信していたからだ。夜空の美しい星屑を見上げていると、少女のあの恐怖に満ちた顔ほど美しく切ないものはこの世にないと思われた。思い出すたびに西岡洋次は苦しく切なく、少女と同じような恐怖におののき、犬を抱きしめて、「淳子《じゅんこ》、淳子」と妻の名を呼んで嗚咽《おえつ》した。西岡洋次は犬を淳子と呼んでいたのだ。

三百円あれば一ケ月暮らせそうなものだが、酒を飲み、つい無駄遣いをして金は瞬く間になくなっていく。先がぱっくりと開いた靴と下着も買おうと思ったが買えなかった。目に見えない力が、飢えという恐怖が音もなく迫ってくる。内臓が内臓を咀嚼《そしゃく》していくのだ。飢えに苦しみ、亡霊のように彷徨《さまよ》っていた島を思い出した。西岡洋次は恍惚《こうこつ》としながら空を流れる雲ときらめく星を眺め未知なる遠い世界へ飛翔《ひしょう》した。近くのものが遠くに見え、音が小さく聞え、現実から少しずつ遊離していくのだった。

昔から二百十日（九月一日頃）には判で押したように台風がやってくる。そしてもし二百十日にやってこないときは二百二十日に襲ってくる。この年は二百十日ではなく二百二十日に台風が襲ってきた。夕方から暴風雨圏内に入り、真夜中に最大瞬間風速四十メートルを記録した。近くの人家の屋根瓦《やねがわら》が木の葉のように空中に舞い、西岡洋次の棲み家のぼろ布も吹き飛ばされて一晩中猛烈な風雨に曝《さら》された。

台風は明け方に去ったが、一晩中風雨に曝された西岡洋次と犬は凍えるほど冷え込み、全身を震わせていた。そして昼過ぎになると今度は太陽が照りつけてきた。飢えと風雨と寒さと残暑の四重苦の中で西岡洋次は夜がくるのを待った。草むらに身をひそめ、ひたすら夜がくるのを待った。

夕暮れどきにトンボを捕りにきていた子供たちもこなくなった。台風を境にトンボがいなくなるからである。焼け跡の畑で作られていたきゅうりやなすびを西岡洋次はときどき盗んでは腹の足しにしていたがその畑も中学校舎の建設に備えて耕されなくなり、かすかに漂っていた肥溜《こえだ》めの臭《にお》いも消えていた。いずれはこの焼け跡にも家が建つのだろう。西岡洋次はとりとめのないことを漠然と考えながら夜が更けるのを待った。そして午後十時頃にむっくりと立ち上がり、自転車とリヤカーと犬を残したまま出掛けた。

高橋定吉の質屋から五十メートルほど離れたところに場ちがいな二階建ての洋館がある。淡いグリーンのタイル張りの建物で、大きなドアとステンドグラスをほどこした円形の窓をおおうように三本の棕櫚《しゅろ》が植えられていた。西岡洋次は以前からこの洋館の前を通るたびに興味を抱いていた。いったいどのような人が住んでいるのか。誰も住んでいない空き家のようにも思えた。外観だけを見ていると、静かすぎて人の気配は感じられなかった。

裏庭は石垣のような塀に囲まれ、周囲の長屋と二、三十メートルの間隔をとっていて、大きな楡《にれ》の木が茂っていた。大胆にも西岡洋次はこの洋館に忍び込もうと考えていたのだ。この地域で金目のものがありそうな家はこの洋館しかないと思った。西岡洋次は路地から路地をつたって洋館の裏にきた。少し離れた朝鮮人長屋の一軒の家から太鼓の音と何かを唱えている女の声が聞えた。巫女《みこ》が悪霊祓《あくりょうばら》いの儀式をやっている最中だった。朝鮮の悪霊祓いの儀式は三日三晩続けられるのである。静まり返った夜中に太鼓の音と巫女の声が不思議なリズムを奏でて聞えてくるのだった。西岡洋次は耳を澄まし、全神経を針鼠《はりねずみ》のように尖《とが》らせて塀をのぼって庭の中に降りた。体をこごめて闇を透かして見ると一階の玄関の脇の部屋に灯りがついていた。西岡洋次はしばらく様子をうかがっていたが、おもむろに建物に近づいて樋《とい》の止め金に足をかけて二階のベランダにのぼった。外から見ると洋室に見えたが、そこは和室だった。大きな引き戸は風を入れるために少し開いていた。廊下があり、障子の中の部屋には電気スタンドと思われる薄灯りがともっている。西岡洋次は忍び足で廊下を渡り、障子を開けて部屋にそっと入った。

床に一人の老人が横臥していた。枕元《まくらもと》の電気スタンドの灯りの中に頬のこけた薄《うす》白髪《しらが》の、金魚のように口で息をしている老人が浮かんでいた。老人は忍び込んできた西岡洋次を見つめ、布団の中から痩せ細った手を出して枕の下をまさぐり、通の封筒を取り出して、それを差し出した。老人は喋る元気もないらしく口をもぐもぐさせながら枕元の鉛筆とノートを取ってほしいと要請した。西岡洋次がノートと鉛筆を手渡すと、老人は震える手で『ツマヲコロシテクレ、ソノアトワタシモコロシテクレ』と書いた。封筒の中には二千円の金が入っていた。偶然とはいえ、老人は西岡洋次が忍び込んでくるのを待っていたかのようだった。階下の一室からかすかな呻き声が聞えてくる。耳を澄ますと、その呻き声はレコードの音楽に合わせて聞えてくるのだった。

歯を喰いしばって耐え難い苦痛を耐えているかのような女の細い長い呻き声が、不意にこみあげてくる感情を抑えられず、哭《な》き声に変わった。喜悦の極みからほとばしる声だった。その歓喜の声と重なって、

「オー、ダーリン、マイダーリン」

と聞きなれぬ男の声が聞えてきた。

二つの声は重なり、広がり、溶け合い、至福のときを迎えてとぎれた。

老人の黒い穴のような眼が虚空を凝視していた。その凝視している壁に凜々《りり》しい軍服姿の海軍大佐の写真が飾ってあった。たぶん、老人の元気だった頃の写真だろう。屋敷を出て行く男を見送っているらしく階下から笑い声が聞え、間もなく女は二階へ上がってきた。西岡洋次は障子の陰に隠れ部屋に入ってきた女の首を背後から絞めつけた。柔らかい体から性の匂いを漂わせていた女は、西岡洋次の怪力にひとたまりもなく首の骨を折られて窒息死した。それから西岡洋次は老人の首を絞めた。

三

西岡洋次にとって二千円は大金だったが、ここ二、三ケ月の間に急激なインフレに見舞われて物価は五倍近くに高騰していた。西岡洋次は靴を買いたいと思っていたが、靴を買ってしまうと四、五日の生活費しか残らなくなり、たちまち飢えに直面することになる。それが恐ろしかった。奪った金、というより報酬といった方が妥当かもしれない老人から受取った金で、この何日間かたらふく食べ、犬にも充分な餌を与えられたが、金はみるみる減っていった。鬼門の鶴橋闇市は避け、京橋の闇市や梅田の闇市にまで足を延ばして運搬の仕事や鉄屑やトタンの収集の仕事を探したが、そこには必ず縄張りと、利権がからんでいた。どんなに小さな仕事でも、その仕事を仕切っている者がいた。網の目のように張りめぐらされた縄張りと利権の中にとり入るのは難しかった。ある日、店の外に捨ててあると思われたトタンをリヤカーに積んで運ぼうとしたとき、四、五人の屈強な男たちに囲まれ、棍棒《こんぼう》でめった打ちにされた。

「すんまへん、すんまへん。堪忍しとくなはれ」

殴打されながら西岡洋次は頭をかかえて謝った。

「トタンはおまえにくれてやる。そのかわりリヤカーを持っていく。文句あるか」

戦闘帽をかぶり、兵隊服を着た復員兵と思われる二十五、六歳の男が言った。

理不尽なまでの言いがかりに、西岡洋次は従うしかなかった。そして自転車を奪われなかったのを幸いだと思った。

足で蹴られ、棍棒で殴打された背中や腰や脚の痛みが熱となって顔にこもっている。男たちに吠えていた犬も蹴飛《けと》ばされ、尾っぽを巻いて脅えていた。西岡洋次は自転車のペダルを漕《こ》いで焼け跡にもどり、残り少ない金を数えた。数日は喰いつなげるが、そのあとどうすればいいのか。何かをしなければならないのだが、その何かを求めて西岡洋次は街を徘徊した。

玉造駅近くを通りかかったとき、西岡洋次はふと、道端に茣蓙《ござ》を敷いて、その上に半分ほど使った鉛筆やつぎはぎだらけの靴下、歯の欠けた櫛《くし》、古い下駄や草履《ぞうり》、そして左足の靴を置いているのを見て、こんな物が売れるのだろうかと思った。だが、西岡洋次は左足の靴に関心をよせた。というのも西岡洋次の左の靴はぱっくりと開いたがま口みたいになっていて、そこからつま先がのぞき、ほとんど裸足で歩いているような状態だった。靴には十円の値札がついていた。かなり履き込まれた靴だが、よく磨かれていて革はしなやかな艶《つや》をたたえていた。

茣蓙の前に正座していた四十くらいの男が柔和な表情で、

「履いてみますか」

と勧めた。

西岡洋次は躊躇した。靴は欲しかったが、左の靴だけ買い替えるのもどうかと思ったのだ。西岡洋次は意を決して、もし足に合えば買うことにしたが、靴は大きすぎた。

「うむ！　ちょっと大きおまんなあ。中敷を敷いたら履けるかもしれんけど」

男はしきりに残念がっていた。

いろいろな商売があるものだ、と感心しながら立ち去ろうとする西岡洋次を男が呼び止めた。

「あんさん、自転車持ってはるさかい、紙芝居やってみまへんか」

と言うのである。

「紙芝居……」

西岡洋次には想像もしていなかった仕事である。

「紙芝居はいま子供の間で人気あるんですわ。わての嫁はんが紙芝居の絵と文章を書いてますねん。わても自転車があったら紙芝居やりたいんですけど、自転車がおまへんさかい、こんな商売やってますねん」

男の切なそうな声につい誘われたこともあるが、何かをしなければと思っていた西岡洋次にとって紙芝居の話は渡りに船だった。とにかく女房に会ってほしいと言う男の頼みを承諾すると、男は茣蓙をたたみ、売り物のバケツにがらくたを入れて先に歩きだした。みんな食べる物がなくて痩せ細っているのに、西岡洋次より三倍近く肥満した体を持て余して歩いている男の姿が世の中と不釣り合いな感じを与えるのだった。

男の家は真田山《さなだやま》公園の近くだった。西岡洋次は中国戦線へ出征する一ヶ月ほど前に、この真田山公園で高橋定吉と一緒に軍事訓練を受けたことがある。大阪砲兵第二十四師団八分隊の砲兵隊員として西岡洋次と高橋定吉は一ヶ月後に中国北東部へ派兵された。そう言えばあの洋館の二階の和室の壁に飾ってあった写真の大佐は、第二十四師団の分隊長・瀬川典之大佐ではなかったのか。そうだ、そうにちがいない。西岡洋次は真田山公園を左に見ながら坂をのぼって周囲を見渡した。この一帯は戦災をまぬがれていて昔の面影を残していた。高等小学校に通っていた頃、高橋定吉とこの公園のプールで泳いだこともある。高橋父子を殺害したあと瀬川大佐夫妻をも殺害したのは偶然だろうか。不意に黒い記憶の塊りが炸裂して閃光《せんこう》を浴びたように西岡洋次の頭の中を走った。

「ここはどこですか?」

と西岡洋次は立ち止まって訊いた。

「ここは真田山公園です。わての家はすぐそこです」

男は坂の下を指差した。

「あんさんはどこに行ってはりました」

西岡洋次はまた立ち止まって訊いた。

「どこに行ってたって……ああ、戦争でっか。わては病気で兵隊にとられまへんでした。この体でっさかい」

男はわざと体軀《たいく》を大きく見せるように両腕を広げた。肥満した体型は何かの病気が原因なのだろう。

「そら、よろしおましたな」

西岡洋次はしんみりとした声で言った。

坂を下りて真田山小学校を右に曲り路地を入って行くと、古い二階建て長屋の角の住戸が男の家だった。玄関を入った三畳の間には、紙芝居の絵が一つの物語ごとに分類されて棚に並べてあった。

「いま帰ったで」

男の声に、

「お帰りやす」

と奥の部屋から女のか細い声がした。

「散らかってますけど、上がっとくなはれ」

遠慮している西岡洋次を部屋に上げて、

「あのな、紙芝居やりたい人を連れてきたんや。わての嫁はんだす」

と男は妻を紹介した。

「そうでっか。よろしゅう頼みます」

挨拶しながら絵筆を止めて顔を上げた女に西岡洋次は驚いた。女は盲人だったからだ。目の見えない女がどうして絵を描《か》けるのか不思議に思いながら西岡洋次は軽く会

釈した。男の話によると二十歳頃まで目は見えていたのだが、結婚後、しだいに見えなくなり、二十五歳頃に完全な盲目《めしい》になったというのだ。その後、絵が好きだった彼女は隣りに住んでいるテキ屋の親分に勧められて紙芝居の絵を描くようになったのである。隣りに住んでいるテキ屋の親分は紙芝居の元締めでもあった。

紙芝居をやるかやらないか決めかねている西岡洋次を男は強引に隣りの元締めの家に連れて行き、

「大将、おりまっか」

と言って勝手知ったわが家のように部屋に上がった。

丸坊主に髭をたくわえ、作務衣《さむえ》を着た六十過ぎの男が、

「なんや」

と答えて、吸っていたキセルを手のひらにぽんと叩いて灰を落とすと、またきざみ煙草をキセルに詰めた。

「紙芝居やりたい人を連れてきましたんや。会《お》うとくなはれ」

男は玄関先に突っ立っている西岡洋次を手招きして家に入れ、

「自転車を持ってはるんです」

とうらやましそうに言った。

「そうか、ほな、すぐにでもできるな」

元締めは突っ立っている西岡洋次の容姿を下から上へと点検した。西岡洋次はルンペン同様の姿だったが、元締めが気にした様子はない。誰もがルンペン同様の姿をしていたからだ。紙芝居をやるには自転車を持っているのが何よりの条件であった。その条件を西岡洋次は満たしていた。

「まあ上がりなはれ」

と元締めにうながされて西岡洋次は部屋に上がった。きざみ煙草と甘酸っぱい匂いが部屋に混淆《こんこう》していた。

部屋に上がった西岡洋次は元締めからさっそく説明を受けた。その説明によると、まず元締めから紙芝居の道具一式を借りるとき百円の保証金を出すこと、子供たちに売る水飴《みずあめ》、酢昆布、せんべい、イカの燻製などの駄菓子類は一括して購入することも、そのつど買うこともできる。一括で購入した場合、一割安くなる。そして、紙芝居の絵は一日に二種類を十五円で貸し出すとのことだった。

「うちには十八人の紙芝居屋がいる。昼過ぎから一日に四、五ケ所回ってだいたい五、六十円の売上げや。そしたら自分の取り分は二十円くらいかな。月に五百円くらいになるさかい、なんとか喰っていける。冬は四時か五時頃までやけど、夏は七時頃までやれるさかい稼ぎどきや。子供らは夕方によう集まるんや」

元締めの説明を聞いたあと西岡洋次は部屋を見回した。紙芝居の道具一式が四組積まれてあった。それから水飴の入った一斗缶が四、五個、駄菓子の入ったブリキ函《ばこ》が七、八個積まれていて甘酢っぱい匂いに包まれていた。

「どないだす」

と男は西岡洋次の決断を迫った。

百円の保証金と駄菓子代を払うと懐にはほとんど金が残らない。しかしやりたい気持も強かった。このまま何もせずに日がな一日過ごすより、この機会に紙芝居屋になって喰いつなげれば明日の見通しも立つだろう。

「わしにできますやろか」

西岡洋次は不安そうに訊いた。

巧みな話術を要求される紙芝居が口べたな自分にできるだろうかという不安があった。

「大丈夫、ちょっと練習したら誰にでもできま。なんやったら、これからちょっと練習してみまひょか」

元締めの合図を受けて肥満の男は自分の家から女房の描いた何種類かの絵を持って

きた。その絵を額に入れて元締めが言った。

「この紙芝居は『黄金バット』や。いま一番人気のある紙芝居やけど、最近はアメリカから入ってきた『ターザン』も人気がある。題は一枚、絵は十枚、それを十分くらいで二種類やるんや。一枚目の題の裏に二枚目の絵の台詞《せりふ》が書いてあるさかい、それをゆっくり読むのや」

元締めはメガネを掛け、絵の裏に書いてある台詞を抑揚のある声で感情を込めて読んだ。それは無声映画の弁士と同じだった。西岡洋次は懐かしさと不思議な共感を覚えてつい引き込まれた。

紙芝居を演じ終えた元締めが、

「こんな調子でやるんや。あんたもちょっとやってみなはれ」

と西岡洋次に勧めた。

「いやぁ、元締めみたいに、うまいことできまへんわ」

と西岡洋次は尻ごみした。

「最初からうまいことできたら誰も苦労せんわい。せやけど何回かやってるうちに自分に合った台詞まわしができるようになる」

肥満の男からも勧められ、いつの間にきていたのか盲目《めしい》の女からも勧められて西岡洋次は恥をかくつもりでやることにした。しかし字は読めるのだが、声を出すと、とたんに読めなくなるのだった。上顎《うわあご》と下顎《したあご》がぎくしゃくしてかみ合わず舌が回らないのである。

「あわてたらあかん。もっとゆっくり喋るんや。慣れてきたら、だんだん速く喋れるようになる」

元締めに何度も注意されながら西岡洋次はやっとのこと十枚の紙芝居を演じ終えた。汗をびっしょりかいていた。いささか興奮していたが、いままで味わったことのない壮快な気分だった。

「やれるがな。なかなかうまいで」

元締めにおだてられると悪い気はしなかった。

「せやな、最後に決まり文句が必要やな。昔、金《かね》やんいう男がいてな。拍子木の代わりに鉦《かね》を叩いてたさかいみんなから金《かね》やん言われてたんやけど、こいつの決まり文句が『明日は雨か嵐か、ぼた餅《もち》か』やった。これが子供の間で人気があって一時流行《はや》ったもんや。これでいこ」

元締めは独り合点して外に出ると、拍子木を叩いて近所の子供を集める要領を教えた。

「きたで、きたで、紙芝居やで。昨日の続きやで。明日の続きもあるで。一番はじめにきた子は水飴がタダや。早いもん勝ちや」

元締めは子供を煽《あお》るように拍子木を叩く。その叩き方は実に軽妙で心地よかった。

「叩き方にもいろいろある。他の紙芝居屋とちがう叩き方をせなあかんのや。音も調子もちがう叩き方をして、ちょっと聞いただけで、あっ、あの紙芝居屋のオッチャンがきた、と子供たちの期待に応《こた》えるような叩き方せんと、他の紙芝居屋に子供たちをもって行かれてしまう」

それから元締めは水飴の巻き方を教えてくれた。割り箸の半分ほどの棒きれの先で、水飴をすくい上げ、くるくると巻きつけて適当な大きさになると左手の人差し指と親指を舌で舐《な》めて湿り気をつけ、素早く切るのである。

「だいたいこれくらいの大きさやな。これ以上大きいと儲《もう》けが少のうなるし、小さいと子供は買わんようになる。子供はちゃんと見てるさかい誤魔化《ごまか》せんのや」

そして西岡洋次に水飴を巻かせた。これが簡単そうに見えて難しかった。特に水飴を切るところが難しいのである。指に唾《つば》をつけすぎると不潔だし、少ないと水飴が指先にへばりつくのだった。

「ちょっとねじるように切るんや」

と元締めは切って見せる。唾のつけ方も切り方も瞬間的で不潔感を与えなかった。

ひと通り、練習したあと、今度は部屋に入って地図を広げた。各地域の長屋の路地の奥にある家の名前まで記入されている詳細な地図である。

「大阪市内で紙芝居屋を仕切ってる元締めは十三ある。わしが仕切ってる地域は東成《ひがしなり》区、城東区、生野《いくの》区、天王寺《てんのうじ》区やけど、他の元締めと重なってるところもある。そういうところは時間をずらしてる。一番ええ時間は子供が学校から帰ってきた三時から四時頃や。地域も四、五ケ所確保せなあかんし、いまのところ空いてる地域はこのあたりやな」

元締めが指差した場所は皮肉にも弁天市場を起点とした大成通りから中道にかけてであった。

「弁天市場の両側には朝鮮人長屋が密集してる。この朝鮮人長屋を囲むような形で日本人長屋がある。朝鮮人の子供はあまり小遣い持ってないさかい、日本人長屋寄りの場所を選んだ方がええ。そしたら小遣いを持ってる朝鮮人の子供も紙芝居を見にくる。タダ見は絶対にさせたらあかんで。くせになるさかい。タダ見する子供はきまってるんや」

元締めは厳しい表情で言った。

その厳しい表情に西岡洋次は少し緊張した。たかが紙芝居屋と思っていたが、聞けば聞くほど奥の深い仕事である。どこでも自由に場所を選べると思っていたが、各地域には縄張りがあり、その縄張りを時間帯で配分しているのだ。

西岡洋次は保証金の百円を払い、三十円で二種類の絵を借り、水飴と駄菓子類を買って、紙芝居の道具一式を自転車の荷台に設置した。さまになっていた。急に一国一城の主《あるじ》にでもなったような面はゆい気持だった。

配下の紙芝居屋が一人増えたので上機嫌の元締めは押入れから焼酎の入った一升瓶を持ってきて、グラスにつぎ、まず自分が飲んでから西岡洋次と肥満の男に回し飲みさせた。それからみそ汁のだしに使ったジャコとご飯をアルミの容器に入れてまぜ、西岡洋次の犬に与えた。

「主人に忠実な賢い犬や」

と言って頭を撫でた。

不安もあったが、かすかな望みを託して西岡洋次は焼け跡に帰った。

翌日、早朝に目を覚ました西岡洋次は自転車を磨き、紙芝居の練習を何度もした。幸い近くに人家がなかったので声を出して練習できた。それから水飴の巻き取り方も練習した。そして午後二時に最初の場所へ赴いた。中道商店街の角にある神社の境内《けいだい》である。境内には陽なたぼっこをしている二、三人の年寄りや子守りをしている女の子や学校に上がる前の子供たちが数人いるだけだった。それでも西岡洋次が拍子木を叩くと何人かの子供と子守りをしている女の子が集まってきて水飴や酢昆布やせんべいを買ってくれた。売上げは十円にも満たなかったが、西岡洋次は全力をつくして紙芝居を演じながら子供たちの表情を確かめた。そして最後まで一人も帰らなかったので西岡洋次はほっとした。つぎは中道国民学校前の文房具店の裏である。ここでは低学年の子供が何人か集まってきた。二時から五時までの短時間に四、五ケ所回るのは大変だった。しかも四時というもっとも稼ぎどきの時間をはずすと、その日の売上げは落ち込むのである。その稼ぎどきの場所が大成通りの朝鮮人長屋と日本人長屋の中間にある練炭倉庫の前だった。高橋定吉の息子を殺害した空地から百メートルも離れていない。この場所は誰もが知っているが、西岡洋次しか知らない秘密の場所でもある。西岡洋次の人生にとって求心力でもあれば遠心力でもあるようなこの場所へどうしても引きもどされるのだった。

紙芝居をやりはじめて四、五日は赤字続きだったが、その後は台詞まわしもよくなり、「明日は雨か嵐か、ぼた餅か」という最後の決まり文句が受けて子供たちの間で人気を集め、噂を聞いて他の地域の子供たちまでが見にくるようになった。売上げも日を追って増え、半月後には、一日に百円の大台を超す日もあった。

「えらい人気やな。たいしたもんや。うちで一日に百円売上げた奴はおらん。あんたがはじめてや」

元締めは驚き、かつ不思議がっていた。

一番驚いているのは西岡洋次自身であった。紙芝居とはいえ、ひょっとしたら自分には芸能の才能があるのではないかと錯覚するほどであった。だが、この現象は長続きしなかった。大勢の子供が見にくるとタダ見の子供も増えるのである。そのタダ見の子供を排除するのがやっかいだった。追い払っても追い払ってもハエのようにたかってくるのだ。タダ見をする子供はたいがい朝鮮人の悪ガキだったので、腹にすえかねた西岡洋次はタダ見の子供たちを追いかけたりしたが、これがますます反感を買ってタダ見の子供たちは小石を投げつけてくるようになった。まるでちょっとした市街戦さながらに、西岡洋次とタダ見の悪ガキとのイタチごっこがくり返され、あっという間に他の子供たちも寄りつかなくなったのである。

「タダ見は絶対にさせたらあかん」

ときつく忠告してくれた元締めの言葉を忠実に守ったのが裏目に出たのだった。そして一ヶ月足らずで西岡洋次は元締めに三百円の借金をつくっていた。売上げが一日に百円の大台を超える日もあったはずなのに、気がついてみると、それは一瞬の出来事だった。ついこの間までは拍子木を叩くと大勢の子供が集まってきたのに、いまでは幼児が二、三人くるだけであった。なぜこんな結末になったのかよくわからない。一度散った子供たちを呼び寄せるのはもはや不可能に思えた。

二、三人の幼児を相手に紙芝居を終えて後片づけをしているとき、革の半コートを着た六尺以上の背丈のある大男が朝鮮人長屋の方角からゆっくりと近づいてきた。短い額に刻まれたいくつもの傷跡がケロイド状になっている。大男の鋭い眼光に射すくめられて犬が脅えたようにウーッと唸っている。西岡洋次は何か得体の知れない重圧に押さえつけられているようだった。たぶん犬も同じような重圧を感じているにちがいないのだ。

小柄な西岡洋次が体をこごめて大男を見上げると、

「この犬をわしに売らんか」

と大男が言った。

西岡洋次は意表を突かれて返事に窮し、かぶりを振った。

「三百円でどや」

西岡洋次がかぶりを振ると、

「四百円、五百円でどや」

と値をつり上げた。

大男はなぜそこまでして、犬を欲しがるのか。西岡洋次は大男の気迫に息苦しくなった。

「六百円出す」

と言って大男は懐から財布を取り出し、六百円を差し出した。西岡洋次は思わずその六百円を受取ったが、すぐに後悔した。しかし、大男は犬の首に巻いている縄の端を握りしめ、脚をふんばって地面にしがみついている犬を強引に引きずって行ったのである。犬を連れ去られた西岡洋次は茫然と佇《たたず》んでいた。

四

犬を売った西岡洋次は元締めに借金を返済し、ついでに自転車も売り、気がふれたように中道や大成通り界隈を、誰かに話しかけるようにぶつぶつ独りごとを呟《つぶや》きながら徘徊していた。売ってしまった犬を探しているようでもあった。そして突然立ち止

まり、

「わしは知ってる！　誰が犯人か！　だが、わしは言わん。絶対に言わん」

しばらく空《くう》を見つめ、何かを深刻に悩んでいるような表情になってまた歩きだした。

いつの頃からか西岡洋次は空地の片隅にある用水桶《ようすいおけ》に藁を敷き、トタンを屋根代わりにして寝泊りしていた。その場所は高橋定吉の息子を殺害した現場からほんの五メートルほどしか離れていなかった。伸び放題の髪と髭は、瘦せこけた顔をおおいつくし、眼が夜行性動物のように光っていた。国防色だった服は汚れで黒くくすみ、ぼろ雑巾のようになっていた。雨の日は、一日中用水桶の中に閉じこもり、普段はあちこちの長屋を裸足で物乞《ものご》いして歩いていた。アルミの容器を持ち、長屋の軒下に立って、

「どうか恵んで下され、恵んで下され」

という声がお経を唱えているように聞えた。

よろよろと歩いている姿を見ているとかなり衰弱しているのがわかる。

その年の正月元旦は雪だった。その雪の中を西岡洋次は裸足で物乞いをして歩いていた。日本人長屋の何軒かの家には日の丸の旗が掲げられていたが、その軒下に立って西岡洋次は物乞いをした。その姿は雪に埋もれていく枯木のようだった。

冬休みが終って三学期が始まった日である。学校から帰ってきた朝鮮人長屋に住ん

でいる少年が何げなく用水桶の端からのぞいている枝先のようなものを見た。それは人間の親指であった。少年は好奇心に誘われて用水桶に近づき、恐るおそる屋根代わりのトタンを上げて中をのぞいて見た。すると生きながらミイラと化しているような西岡洋次が体をくの字に屈折して脚を伸ばしていたのである。西岡洋次の異様な姿とすえた臭いに逃げ出そうとしたとき、

「坊や、水を一杯くれへんか」

少年は走って家に帰り、杓《ひしゃく》で甕の水を汲んで用水桶に運んできた。しかし西岡洋次は息絶えていた。右の眼は閉じられていたが、左の白く濁った眼は開かれたままだった。

蜃気楼

康原博《ヤスハラヒロシ》こと康博《コウヒロシ》は新宿駅東口を出て新宿コマ劇場方向に歩き、靖国通りの信号でいったん信号待ちをしている間、あたりの光景をぼんやり眺めた。彼は信号待ちしている間や歩いているときなど、ふと足を止めて周囲を瞥見《べっけん》する癖がある。何かを観察しているわけではなく、ただそれらの光景が彼の感覚と大きくずれて、焦点の合わないカメラアングルのようにある種の違和感をもたらすので、そのずれている焦点を合わせようとして何度か瞼《まぶた》を閉じたり開いたりした。信号が青に変わって横断歩道を渡りだす。前方から横断歩道を渡ってくる二人の若い女性の姿態がひときわ目だつ。友だちとぺちゃくちゃ喋《しゃべ》りながら大笑いしている陽気な顔が自分とはまったく違う人種に見えるのだった。金色に染めた髪が夕闇《ゆうやみ》の中で太陽の光のように輝き、大きくはだけた胸元から乳房がはみ出しそうになっている。細く剃《そ》った眉《まゆ》毛とラメ入りのアイシャドーを塗った瞼がきらきらして、赤黒い口紅が不思議な絵柄をつくっている。そのカラフルな絵柄が新宿の街に似合っていた。彼女たちとすれちがったとき、花粉のような化粧の匂《にお》いが鼻を突いた。

康原博は前方の新宿コマ劇場の壁面にかかげてある大きな看板を目印に真っすぐ歩き、建物の地下に入って腕時計をちらと見た。六時過ぎだった。もう開店しているだろうと思いながら奥まったスナック「らくだ」の前にくると、マスターの木原仁吉がネオンスタンドを出しているところだった。

「早いね」

このくそ暑いのにネクタイを締め、紺のスーツを着て鞄《かばん》を提げている、いかにもサラリーマンといった康原を見てマスターは言った。

「暑いから仕事なんかやってられないよ」

康原はマスターと一緒に店に入り、カウンターのとまり木に腰を下ろして、書類とパンフレットの詰まった鞄を空いている椅子に投げ出し、上着を脱いでネクタイの結び目をゆるめた。二十年以上になる古い店は黴《かび》くさい臭《にお》いが漂い、蚊が飛んでいる。康原は投げ出した鞄から缶入りピースを取り出すと、火を点《つ》けて深呼吸でもするように深々と吸って、吐き出した煙を目で追った。それからマスターが黙って出した冷えたビールを独酌で飲み、

「あー、うまい？　この一杯のために働いてるようなもんだ」

と言って、唇に付着したビールの泡を手でぬぐい、タケノコにカツオ節をまぶした肴《さかな》を飯でもくらうように口の中にかき入れた。この店は客次第で夜明け近くまで営業していることがあるので客足は遅かった。

いつもならマスターより早くきているはずのアルバイトの順子の出勤が遅れているので、

「順子は遅いね」

と言っているところへ、順子が出勤してきた。

「美容院へ行ってたので遅れちゃった」

長かった髪をばっさり切って金色に染め、眉毛を細く剃って瞼にラメ入りのアイシャドーを塗っている。ブラジャーが透さ通って見えるスリップドレス姿に、康原は一瞬どきっとした。この店にくる前、横断歩道を渡るときにすれちがった一人の若い女性にそっくりだった。

「まるでネグリジェみたいじゃないか。よくそんな恰好《かっこう》で歩けるな」

そう言いながら康原は、まんざらでもなさそうなやに下がった顔で順子を見た。

「オヤジには目の保養になるでしょ」

順子が挑発するように腰をひねった。

二十歳のはちきれそうな大胆な姿態は、四十三歳の康原の目に眩《まぶ》しく映った。康原はしきりに煙草をふかしながら、漂う紫煙の間から順子を見てにやにやしていた。

マスターは冷蔵庫からじゃがいもと玉葱《たまねぎ》としらたきと牛肉を取り出し、黙々と肉じゃがの仕込みをしている。遅れてきた順子は時間をとりもどすべく、床を掃き、ふきんでテーブルをふき、トイレ掃除をしてから最後に洗い物をすませ、バッグから手鏡を取り出して化粧直しをしたあと、真っ赤な口紅を塗った唇に煙草をくわえて火を点け、ゆっくりと吸った。白いしなやかな腕をカウンターにのせ、体を少しそらせて顎《あご》をうわ向きにし、康原を見下ろすように悠然と煙草をふかしている姿は、まるでロートレックの絵画の中の踊り子のようだった。

マスターと順子とは三十歳の年齢差がある。二人は三年前から同棲《どうせい》しているので、順子がまだ女子高生だった頃から同棲していたことになる。飲みにくる客から、犯罪だよと言われているが、それはやっかみでしかなかった。そして順子には一年前から若い恋人がいるのだった。だが、この三角関係はお互いに納得ずくであるらしかった。そのうちマスターは順子に捨てられるのではないか、と言う客に、それは順子の自由だよ、とマスターは、まるで理解のある父親のようなことを言うのである。

マスターと順子と若い男との三角関係は、康原に別の思いをいだかせた。康原は三年前まで四角関係、五角関係という抜きさしならないわけのわからぬ男女の泥沼を這《は》いずった経験がある。大学時代、同じ英米文学科にいた三輪典子《みわのりこ》と恋仲になり、将来を約束し合った。ところが卒業間際に三輪典子が妊娠したので、二人は意を決して結婚することを双方の両親に打ち明けたのだが、双方の両親に猛反対され、そのままずるずると時が過ぎ、いつまでも煮えきらない康原の態度に、三輪典子は家出して人知れず出産した。二十年前の在日朝鮮人と日本人との結婚はまだタブーであった。その後、スナックの年上のママと同棲して二年後に別れ、つぎは三年続いた人妻との不倫が彼女の夫の知るところとなり、刃傷沙汰《にんじょうさた》にまでなって、康原は胸を刺されて二ケ月の重傷を負った。この事件は新聞の社会面に掲載されて、康原はしばらくの間、家に閉じこもっていた。

仕事も長続きしなかった。大学は出たものの日本の企業に就職できるはずもなく、生野《いくの》の同胞が営んでいるケミカルシューズやゴムの練工場の雑役とか、運送会社の運転手、あるいは店員といった類《たぐい》の仕事にしかつけなかった。いつまでもうだつの上がらない仕事をしている自分が、ゴミ溜《た》めに湧《わ》く蛆《うじ》のように思えた。何かをしなければならない。何かを……自力でこの街を脱出しなければ……。そのために康原は商売をはじめた。上六《うえろく》のバス通りに面した三階建ての古いビルの一階の一室を借りて、金融業をはじめたのである。康原は出身大学の同胞のＯＢたちがつくっている頼母子講《たのもしこう》に入会し、協力を得て一千万円の資金を作った。彼に金融業者としての資質があったわけではない。ただ世の中には金を借りたい人間がごまんといたのである。金融業は金を貸すことより取り立てる方が難しいといわれるが、何度か失敗を重ねるうちに、康原は人間の弱点というものを理解した。金を借りにくる人間は追いつめられた人間であり、追いつめられた人間はどんな条件でも受け入れ、どんなことでもやるということを知ったのである。この弱点を逆手にとって、康原は債務者の親・兄弟はもとより親類縁者・友人関係の土地、家屋を差し押さえ、折りからの土地ブームに乗ってそれらの物件を処分し、莫大《ばくだい》な利益を手にした。そして康原は三十四歳のとき見合い結婚した。

すべては順調だった。羽振りのいい康原は夜ごとミナミや梅田新地にくりだし、散財した。手当たり次第に女と遊び、この世の中で口説けない女はいないと思うほどだった。この頃になると、康原の生活はきわめて不規則で、頽廃《たいはい》的で、自分というものを見失っていた。成金の人間によく見かける傲慢《ごうまん》で狭量な、それでいながら、世界は自分のものであるかのような錯覚に陥り、独善的な人間になっていた。しかも欲望は無限大に膨張していくのである。錯覚に陥り、独善的な人間になった者は幻想を持つようになるのだ。自分の力量を過大評価し、金の魔力にとりつかれ、十万、二十万の金額を貸していたのが、いつしか二百万、三百万となり、そのうち数千万から一億、二億の大金を貸すようになっていた。吊《つ》り橋を十トン貨物車が渡っていくようなものだった。当然、無理な資金繰りをしていた。月三分の金を借りて五分で貸したり、月六分の金を借りて九分で貸したり、つまり利鞘《りざや》を稼いでいたわけだが、どこかで一つ穴があくと、とたんに資金繰りに忙しくなった。こうして億単位の資金を動かしていたにもかかわらず、康原は、帳簿も整理せずにどんぶり勘定で金の貸し借りをするという放漫経営をしていたのである。次第に感覚が麻痺《まひ》し、百円も百万円も同じ金銭感覚になっていた。一方で借金を重ねながら、一方で金を湯水のように使っていた。自分の中で何かが音をたてて崩れていくのがわかるのだった。まるで土石流によって何もかも押し流されていく恐怖に立ちつくすもう一人の自分がいた。そしてある日、康原はボストンバッグ一つを持って、妻と三人の子供を置きざりにして出奔した。

行くあてはなかった。とりあえず東京にいる大学の後輩を頼って上京した。後輩の金本正奉こと金正奉は、新宿で車の販売店を経営していた。大阪での康原の派手な噂《うわさ》はすでに金本の耳にも入っていた。その康原が突然頼ってきたので驚いたが、大学の二年先輩であり、車の販売店を開業する際に多少の資金調達の世話にもなっていた康原をむげに追い返すわけにもいかず、とりあえず大久保の木造二階建てのアパートの一室を借りて、セールスの仕事を手伝わせることにしたのである。

それから三年になる。だが、康原の成績はかんばしくなかった。六人いるセールスマンの中でつねに最下位だった。したがって収入も低く、前借りを重ねていたので会社の重荷になっていた。社長の金本にとって康原はうとましい存在になっていたのだが、先輩であり同胞でもある康原を解雇できずにいた。もちろんそのことは康原もわかっていた。はじめの頃はよく飲みに誘われたが、この一年飲みに誘われたことがない。それどころか康原を忌避している気配さえ感じられるのだった。それは他の従業員との関係にも反映され、康原は完全に孤立していた。ときどき、もうそろそろ潮どきかもしれないと思うのだが、年齢を考えると、辞めて他の職につける自信がないため、辞めるに辞められない状態だった。おれの人生はいったい何だろう？　その答えを見いだすのは金の鉱脈を発見するより難しいように思えた。ふとわれに返ると、あまりにも空漠とした世界にたった一人とり残されているみじめな存在に愕然《がくぜん》として暗《あん》澹《たん》たる気分になり、いっそこの世から消滅してしまいたいと思うのだった。いや、おれが消滅するのではなく、この世界が消滅してしまえばいいと願った。

ひっきりなしにふかす煙草の吸い殻が灰皿に山となっている。順子は適当に灰皿をとり替えるのだが、すぐに吸い殻の山になるのだった。指先が燃えるのではないかと思うほど康原は煙草をぎりぎりまで吸うのである。そのため彼の指先は煙草のヤニで焦げ茶色に変色している。ヘビースモーカーに共通した吸い力だった。彼はいっときも煙草を離さない。ぎりぎりまで吸った煙草の火でつぎの煙草に点火し、吸い終った煙草をまるで憎しみでもこめるように灰皿にぐしゃぐしゃに押し潰《つぶ》すのだ。

客が二人、三人と増え、午後九時頃には十人ほどの客で店内は賑《にぎ》わっていた。この店で知り合った何人かが、いまの康原にとって飲み友だちといえる存在だった。たわいもない世間話を交わして時間を過ごしているにすぎないが、それでも康原が落ち着ける場所はこの店以外になかった。ほとんど中高年のサラリーマンである。彼らの疲れた表情はよれよれた背広のようだった。

康原は、隣りの席に座っている古賀《こが》正敏《まさとし》という五十歳前後のサラリーマンと、日本と韓国の関係について話し合っていた。議論というほどのものではないが、お互いに相手の懐をさぐるような言葉で意見を交換していた。

「確かに日本人は韓国について何も知らないし、知ろうともしない。だけど、わたしは仕事で韓国へ行くたびに思うんですが、韓国人も日本についてあまりにも知らなさすぎる。そしてひたすら日本の悪口を言って頭から日本を否定するだけです。これじゃ、いつまでたっても日本と韓国は理解し合えないですよ。やはりお互いに一歩譲って話し合わねば……」

もっともらしい意見だが、何かが欠落しているのだった。互いに譲り合って話し合う必要性は認めるとしても、何をどう譲るのかが問題であり、譲れない問題もあるのだ。

短くなった煙草を深く吸い込み、煙を吐き出すと同時に、康原はビールをひと口あおった。

「古賀さんの言われるとおりですが、しかしまず、朝鮮を植民地化したという事実を日本ははっきり認めるべきです。強制連行も従軍慰安婦問題も、すべてはそこから始まってますから、欧米列強に追いつき追い越そうとして日本は近代化路線を猪突猛進《ちょとつもうしん》して、朝鮮と台湾を植民地化し、中国大陸を侵略した事実を率直に認めて、いいわけがましい自己弁護をせずに謝罪すれば、お互いの誤解を解くことができると思います。ぼくは日頃から、朝鮮を植民地化した日本に百二十パーセントの責任があるとすれば、近代化に一歩後れをとった朝鮮にも二十パーセントぐらいの責任はあると考えてます。あの時代は弱肉強食の時代ですから、背後から鉈《なた》を振り下ろそうとしていた日本に気付かなかった朝鮮にも責任があるというわけです。近代朝鮮の歴史について、ぼくらは一度総括する必要があります」

康原の意見に、古賀はわが意を得たりとばかりに笑みを浮かべた。

「見識の高い意見です。いまのような意見は、韓国の人からはなかなか聞けないものです」

そして古賀は目を細め、親しみをこめて言った。

「責任という点で言えば、フィフティ、フィフティでどうでしょうか」

「いや、最大限譲ったとしても、三十パーセントくらいまでです」

何かの裏取引でもしているように康原と古賀は顔を見合わせた。そして康原は、いったいおれは何を話しているのだろうと思い、座を立ってトイレに入った。小用を足すためではなく、急に吐き気がして目眩《めまい》を覚えたからだった。康原はしゃがみ込んで便器に顔を突っ込み、嘔吐《おうと》をくり返した。昼に立喰いそばを一杯食べたきりの胃袋にはビールの泡しか入っていなかった。康原は口に指を突っ込んで無理矢理吐こうとした。胃袋がでんぐり返り、吐いたのは黄色い胃液だけだった。唇の端から垂れている唾液《だえき》を手でぬぐい、康原は苦しそうに呼吸をした。胃がきりきりと痛み、激しい頭痛に見舞われた。頭蓋《ずがい》の中に誰かがいて内部から殴られているようだった。そうかと思うと頭を万力《まんりき》で挟まれて締めつけられているようでもあった。康原は鏡を見た。充血した赤い眼の焦点が合わなかった。手が震え、唇も震えている。目尻の皺《しわ》がまるで八十歳の老人のようだった。これがおれの顔だろうか？　いままで見たこともない顔である。土気色をした顔に死相が刻まれているかに思えた。康原は顔を洗い、便器に腰を下ろして、頭痛と目眩がおさまるまでしばらくうなだれていた。口の中から汚物の臭いが発散しているようだった。下水溝のあぶくの臭いである。間断なく吐き気をもよおし、唾液が唇の端から糸のように垂れていた。

「煙草の吸いすぎだ」

ろくに食事もとらずにアルコールを飲み、一日に缶ピースを三十本以上吸い、ときには一日一缶（五十本）吸うこともある。精神的にも肉体的にも最悪の状態だ。

「煙草をやめなければ……」

康原は冷静になろうと呼吸をととのえた。だが、呼吸をととのえようとすると、今度は呼吸困難に陥るのだった。自分の意志とは反対の現象が起きるのである。額と首筋と背中に汗が流れている。

「このままでは、おれは廃人になって道端で野垂れ死にするかもしれない。誰にも看《み》取《と》られず、野良犬か野良猫のように処分されるだろう。煙草をやめなければ……明日からでも煙草をやめ、友情のかけらもない金正奉と決別するのだ」

混乱している頭の中で康原は、「煙草をやめなければ……煙草をやめなければ……」と何度も自分に言い聞かせた。

トイレから出てきた康原は飲み代を支払った。

「帰るの？　顔色が悪いよ」

いつも午前様の康原が珍しく十時過ぎに帰るので、順子は康原の顔色を見た。

「明日から出張で、当分こられないと思う」

康原は煙草と同時に当分アルコールもやめようと決めた。アルコールを飲むと、つい煙草を吸いたくなるので、アルコールと煙草の相関関係をも断ち切らねばならないと思った。

とまり木に座っている古賀正敏に軽く片手を挙げて店を出た。ねばねばした蒸し暑い大気が汗にまみれた体にまとわりつく。康原は鞄を持った腕をだらりと垂らしてアパートまでの道のりをのろのろと歩いた。途中、大久保の狭い路地で、五人もの立ちんぼの外国人女性に声を掛けられたが、康原は振り返る気力さえなかった。そして木造二階建てのアパートの部屋にたどり着くと畳の上にばったり倒れて、そのまま眠った。

翌日、歯を磨いているとき、またしても吐き気がして一瞬気を失いかけた。血圧が低いのかもしれないと思いながら、ろくに食事をとらないせいだと考えた。今日から煙草と酒をやめて体力の回復に努めよう。何ごとも体が資本なのだから。彼は部屋の中のアルコール類と缶ピースを片づけ、出勤の途中「吉野家」の牛丼で腹ごしらえをした。

出勤した康原は自分の机で今日の予定と目標を書き、その書類を部長に提出した。康原より三歳年下の部長は冷淡な目付きで書類を一読すると、引出しから車のキーを取り出して黙って康原に渡した。セールスに使う外回りの車は必ず会社の車庫にもどし、キーを部長に返すことになっている。キーを受取り、車庫から車を運転して外へ出た康原は、一キロほど走って公園通りの道路脇に車を停《と》めてほっとした。若造の部長や同僚の冷たい視線に曝《さら》されて、あんな会社には一刻もいたくないと思った。彼は無意識に助手席の鞄を引き寄せ、中から缶ピースを取り出そうと探った。そして缶ピースのないのに気付き、そうだ、おれは今朝、缶ピースを処分したのだ、と思い出した。しかし、いったん煙草を吸いたいと思うとやみ難い渇望に口中にじわじわと唾液がひろがり、つぎは喉《のど》の奥がからからに渇いてくるのだった。彼は車から降りて自動販売機の缶コーヒーを買い、ふた口ほど飲むと車の運転席にもどって虚空の一点を凝視した。まるで下痢《げり》を我慢しているみたいだった。休憩しててはいけない。休憩すると煙草を吸いたくなるのだ。彼は缶コーヒーを飲みながら車を走らせた。やみくもに走らせ、仕事に集中した。そして自分でも驚くほど饒舌《じょうぜつ》になり、一ケ月に三、四台受注できればよしとされていたのに、この日は二台の注文を受けたのだった。むろん会社の連中は驚いていたが、康原は部長に受注書を提出して、さっさと帰宅した。

煙草とアルコールをやめたとたん二台の注文を受けたので、康原は不思議な気分だった。これは何かの間違いなのだ。こういうことは長続きするはずがない。二台の車を受注して会社の連中を驚かせたことが、康原にはかえって憂鬱《ゆううつ》だった。なぜなら、康原は会社から期待されるのを極度に恐れていたからだ。

ひょんなことから一日に車が二台、売れることだってあるではないか。そう思いながらも康原は営業に全力をあげた。それは煙草とアルコールを断ち切るための闘いでもあった。彼はそう自分に納得させていた。だが、車が二台売れたのは奇跡であって、その後はやはり売れなかった。彼はまたしても沼のような日常の中に埋没していくのだった。

煙草を吸いたい、酒を飲みたい、という強い欲求が彼の意識を攪乱《かくらん》する。彼は何度も煙草店の前に停まり、車から飛び出して煙草を買おうという衝動にかられた。こうして禁煙・禁酒をして四日も過ぎた夕方、仕事を終えて会社にもどろうと青梅《おうめ》街道を走っていた康原は、行けども行けども同じ景色に出会うのに気付いた。行けども行けどもなぜ同じ風景に出会うのか？　康原は道路脇に車を停めてあたりの景色を見渡し、前方に聳《そび》える新宿副都心の高層ビルをじっと見つめた。会社はあの高層ビルの方角にある。それは間違いのないことだった。康原は新宿副都心の高層ビルをじっと見つめて方角を定め、渋滞している車輛《しゃりょう》の間を走った。前後左右の車輛に注意をはらい、きわめて安全運転をこころがけていた。ところが山手《やまて》通りを越えて青梅街道を直進しなければならないのになぜか左折してしまい、さらに大久保通りをも左折して中野方面に向かって走るのだった。そして今度は中野通りを左折して、ふたたび青梅街道に出て新宿をめざして走行した。康原が行けども行けども同じ景色に出会うのはこのためであった。考えごとをしていたわけではないが、無意識に康原は、この同じコースを何度か周回していたのだ。

康原は山手通り手前で道路脇に車を停めて考えた。このまま真っすぐ行けば新宿西口に出て、さらに走れば大ガードをくぐって歌舞伎町《かぶきちょう》に出るのは間違いない。それは考えなくてもわかりきったことなのだ。前方に聳えている高層ビル群が何よりもそれを証明している。彼はバックミラーで後続車がないのを確認してゆっくり発進し、ハンドルにしがみつくようにしながら運転して山手通りにさしかかって停まった。不意に停まったのでいつの間にか接近していた後続車にクラクションを鳴らされて走行をうながされ、康原は条件反射的にハンドルを切って山手通りを左折した。頭蓋に糸のような細長い針が突き刺さり、脳の中枢を貫通していくような感覚を味わいながら、康原は、ああ、またきてしまったと腹だたしい思いにかられた。それから康原は大久保通りを左折し、中野通りを左折して青梅街道に出て山手通りの手前にくると車を道路脇に停めて瞼を閉じた。おれはどうかしている。方向感覚を失った鼠《ねずみ》みたいだ。全身から冷たい汗が噴き出し、手足がガタガタ震えていた。直進すれば新宿だというのに、なぜ左へ左へ旋回するのか。夢の中のように同じ道路、同じ景色を巡回しながら、どうしても前へ行くことができない。瞼をそっと開くと、前方の高層ビルの上空をどす黒い雲がおおい、そのどす黒い雲の隙間《すきま》から毒々しい血の色をした夕陽《ゆうひ》が射《さ》し込んでいた。

そうだ、おれは同じ轍《てつ》を踏んでいる。三輪典子はあれほどおれを愛していたのに（それは痛いほどわかっていた）、おれは彼女の愛を重荷に感じていたのだ。典子が妊娠したとき、おれは本気で結婚しようと思っていたかどうか疑わしい。彼女の両親とおれの両親から結婚を反対されたとき、おれはひそかに彼女と別れることを決めていたのではなかったか。おれはいまだに彼女の産んだ子供、つまりおれの子供に会ったことがない。彼女は身を隠して出産したので、そのときは会えなかったが、その後、会おうと思えばいくらでも会えたはずなのに、おれは一度も会わなかったし、会おうとしなかった。いま思えば、おれが本当に愛していたのは典子だったような気がする。

康原はアクセルを踏み、発進の態勢に入った。今度こそ直進しようと意志を固めてハンドルを握りしめ、目をすえて高層ビルの上空をおおっているどす黒い雲をめざして発進した。しかし、不可解な恐怖が、優柔不断な意志が直進をさまたげるのである。康原はしだいに絶望的な気持になってきた。なぜ会社へもどれないのか。もどろうとしてももどれないもどかしさに、康原は道路脇に停めた車の中で頭をかかえてしまった。

あのときおれは友人たちと一緒に共和国へ帰るべきだったのだ。いまとなっては帰国しなかったことが幸いだったと思うが、やはりあのとき友人たちと一緒に帰国すべきだった。たとえあの地で不遇な境遇に陥ったとしても。友人たちが帰国するたびに、おれは新潟港へ見送りに行き、つぎは必ず帰国しようと決意していた。それがいつしか帰国の機会を失ってしまったのだ。あの地に帰国した友人たちは生きているのか死んでいるのか、いまだに判然としないが、このおれときたら、この国で行方不明になっているではないか。

康原は三度見送りに行った新潟港を思い出した。万景峰号《マンギョンボンごう》の船上から投げられるテープを受け、見送る者と見送られる者たちの交わす言葉はいつしか歓声と涙声になって、ただひたすら再会できる日を誓い合ったのだった。実際、康原は近い将来、日本と北朝鮮の国交が正常化して、すぐにでも往来できるようになると信じていた。あの当時は誰もがそう信じていたのだ。

目眩がして吐き気がする。手が震え寒気がした。クーラーのスイッチを切ると、今度は車内が蒸し風呂のようになって息苦しさに耐えられなかった。康原はクーラーをつけた。するとたちまち寒気がするのである。クーラーのスイッチを切ったり入れたりしているうちに、康原は叫び声をあげて走りだしそうな衝動にかられた。口から内臓が飛び出てきそうだった。精根つきはて、体はぐったりしていた。

なぜ女房と結婚したのか。見合いをしたとき、おれは彼女と結婚する気などまったくなかったのに結婚してしまったのだ。凡庸な女だが献身的だった。その凡庸で献身的なところが気に入らなかった。夜ごとミナミや梅田新地のクラブを飲み歩き、手当たり次第に女と寝ていたが、女房とのセックスは年に数回くらいなものだった。それなのに女房はすぐに妊娠して子供をつぎつぎに出産した。だから三人の了供はみんな年子である。女房の子宮はまるで正確無比な子供製造機のようなものだった。結婚した当初から女房はおれに何の期待もしていなかったし、女房も自分の人生を諦観《ていかん》しているふしがあった。笑っているときでさえ、おれを軽蔑《けいべつ》しているような目をしていた。おれが何をしようとまったく無関心だった。彼女の凡庸で献身的な態度は、軽蔑しきった無関心さの結果にほかならない。おれにはわかっていたのだ。女房には愛する男がいたことを。妻子のいる男と抜きさしならない恋に堕《お》ち、とどのつまりは心中を図って彼女だけが生き残り、それから一年後におれと結婚したのだ。彼女の魂はもぬけの殻だったが、おれはもぬけの殻であることを知りつつ結婚したのだった。おれのような父親を持った子供たちこそいい迷惑である。大阪を出奔してすでに三年がたつ。その間、おれは家族のことを考えたことがない。いまでは子供たちの顔さえ思い出せない。

遥か彼方《かなた》の地平にわずかな光を残して昼と夜が交差する夕闇の中に、すべての物象が溶け込もうとしている。とだえることのない排気ガスと騒音はアスファルトを灼《や》き大気を汚し、あらゆるものを腐蝕《ふしょく》していく。

思い出そうとして思い出せない子供たちの顔。親、兄弟、女房、三輪典子、その他、さまざまな形でかかわり合ってきた者たちの顔が思い出せない。映写中のフィルムが切れて真っ白になるように、記憶が一瞬真っ白になり、頭髪も真っ白になったのではないかと思った。

康原はもう三十分以上じっとしていた。発進しようとして発進できなかった。しだいに闇《やみ》の底に沈んでいく高層ビルを眺めていた康原は、いまようやく前方の景色の実体がわかってきた。おれが見ている高層ビルは蜃気楼《しんきろう》ではないのか？　だからおれはどうしても直進できないのだ。ひょっとするとこの都市全体が蜃気楼なのかもしれない。そういえば何一つ確かなものはない。道行く人々も建物も車も何もかも、実体がないのだ。

康原は考えた。もしこの都市全体が蜃気楼だとすれば、どこかに本物の都市があるはずだ。おれがもどろうとしてもどれないのは、その場所がわからないからである。そしてその場所は、たぶん反対方向にあるにちがいない。おれがハンドルを左へ左へ切っていたのもその場所を求めて反対方向へ行こうとしていたからだ。何かの呪縛《じゅばく》から解き放たれたように、陰鬱《いんうつ》だった康原の表情に明るさが蘇《よみがえ》った。

彼はアクセルをふかして発進すると山手通りを左折し、人久保通りから中野通りを走り、青梅街道を右折して、新宿とは反対方向をめざして疾走した。蜃気楼の実体はどこにあるのか。実在の都市は存在するのか。一寸刻みの渋滞の中で康原は前方に目を凝らした。新宿副都心の高層ビルの上空はどす黒い雲におおわれていたが、西の空には水彩のような淡い朱色が広がっていた。だが渋滞のため車はいっこうに進まない。康原はいらだつ気持ちを抑制しながら、この道路を真っすぐ行けば、たぶん実在の都市に行き着けるはずだと何度も頭の中で反芻《はんすう》した。ところが環状七号線にさしかかったとき、康原は渋滞している車輛から抜け出して右折車線に入ったのである。ここでもまた彼の意志とは反対に右折したのだった。

右折した彼は早稲田通りを右折し、つぎは中野通りを右折して、これまでは左へ左へと左折していた大久保通りと交差する信号で停まった。なぜこの場所にきてしまったのかわからなかった。胃がむかつき、吐き気をもよおした。七〇年安保のとき日本の学生運動に参加して警察に逮捕され、在日同胞の組織から敗北主義者の烙印《らくいん》を押された。あのときからだ。おのれの人生が狂いだしたのは。組織はなぜおれに敗北主義者の烙印を押したのか。おれは敗北主義者ではない。瞼を閉じて額に手をあてていた康原は片眼を開けて煙草の自動販売機を見つめた。全身に汗がにじんでいる。内臓が煮えくり返り、震えていた。その気になれば煙草はいつでも買える。康原は車を発進させた。そして青梅街道の渋滞の中に割り込んでいったが、環状七号線にくると右折車線に入ってしまうのだった。またしても早稲田通りを右折し、大久保通りと交差する信号を横ぎって青梅街道と環状七号線を右折した。どうしても環状七号線を突破できなかった。同じ道路を右へ右へと四度周回した康原は精根つきはて、環状七号線の路肩に車を停めて座席の背もたれに体をあずけ、脱力感に陥った。大型貨物車が轟音《ごうおん》を響かせてかすめ過ぎて行く。だが、康原は思考停止状態のまま夜の底にうずくまり、まったく動けなくなってしまった。

運命の夜

　中川運転手はいまでもときどき夢にうなされて夜中に目覚め、しばらく床の上に座って煙草をふかしながらもの思いにふけることがある。そして煙草を吸い終るとトイレに行き、もどってきて横になるのだが、なかなか眠れそうもないので今度は冷蔵庫からビールを取り出してきてテレビの深夜番組を見ながらビールを飲むのだった。テレビを見るためにテレビをつけているのではなく、孤独を避けるために、ただ漫然とテレビの画像を見て音声を聞いているにすぎなかった。考えたくないから思考を遮断するためにテレビをつけて飲んでいるのだが、思考とは別に胸の奥からじわじわとこみあげてくる感情が広がってくるのである。もしあのとき……であったなら……いまごろは……といった出来事を人は経験するが、中川運転手は今夜も眠れぬ夜を過ごしながら、もしあのとき……と後悔の念にかられて飲んでいた。

　その出来事は多磨《たま》霊園で起こった。

　多磨霊園の中ほどに幅十メートル、長さ一キロ近い道路がある。その道路は府中の運転免許試験場へと抜けられるが、道路の両側に並んでいる樹木は鬱蒼《うっそう》と茂っていて昼間でも薄暗い森のようだった。しかも墓地に囲まれているため薄気味悪く、霊気が漂っているように感じるのである。昼間でもこんな状態だから、夜ともなるといっそう不気味である。街灯のない道路は密度の濃い闇《やみ》に包まれて真っ暗だった。

ある雨の夜、中川運転手は多磨霊園の近くで乗客を降ろして引き返す途中、道を間違ってこの道路に迷い込んだのである。タクシー運転手になってまだ一年しかたっていない中川運転手は、そのあたりの地理にうとく、ましてやこの道路を走るのははじめてだった。

中川運転手はこの道路に入ったとき、真っ暗闇《くらやみ》に包まれて一瞬、方向感覚を失った。車を徐行させてあたりを見ると、かなり激しく降っている雨の音は道路におおいかぶさるように茂っている黒ぐろとした樹木に遮られて、そこだけが異様な静寂に包まれ、地面から霧が立ち昇っていたので、まるで異次元の世界に迷い込んだ感じを受けた。

樹木の葉を打つ雨の音が渓流の瀬音のように聞える。彼は急に悪寒を覚えて鳥肌が立った。

「気味の悪い道路だ」

と思って中川運転手はライトをアップに切り替え、アクセルを踏み込んでスピードを上げた。

そのときライトの隅に不意に白いものが入ってきた。

中川運転手がぎょっとしてブレーキをかけると、その白いものは風のように走ってきたのである。それは長い髪をふり乱した白い衣の女だった。しかも目がはれており、唇から血を流しているではないか。

中川運転手は心臓が飛び出さんばかりに仰天してアクセルを踏み込み、車にしがみつこうとする白い衣の女を振り切って逃げた。真っ暗闇の道路は長いトンネルのように続いていた。バックミラーをのぞくと、深い闇の中で白い衣の女がいつまでも手まねきしていた。その姿が中川運転手の目に焼きついて離れなかった。

真っ暗闇から抜け出した中川運転手は、そこが府中試験場であることにほっと胸を撫《な》でおろした。それにしても、雨の中、墓に囲まれた真っ暗闇の道路でいきなり女に出くわすとはどういうことなのか。

白い衣の女は目をはらし、唇から血を流していたが、のっぺらぼうのようにも思えた。あの真っ暗闇の中を女が一人で歩いているのはどう考えてもおかしい。のっぺらぼうな顔といい――中川運転手はこの時点で女はのっぺらぼうな顔だったときめこんでいた――。そして足はなかったような気がする。霧に包まれて足があったかなかったのか、そこまでは確認できなかったが、なかったような気がした。

場所が場所だけに、おれが見た女は幽霊にちがいない、と中川運転手はあらためて身震いした。彼は仕事を続ける気がしなかった。あまりのショックに疲れがどっと出て、気力をなくしていた。

帰庫した中川運転手は、たったいま多磨霊園で見た白い女の話を運転手仲間にした。するとみんながいっせいに笑った。

運転手仲間の一人が、

「おまえが見た白い女は幽霊にちがいねえ。おれも一度、白い幽霊を見たことがあるんだ。深夜バックミラーをのぞいてみると、白い幽霊がおれの車を追ってくるんだ。驚いたね、おれは。そいでよ、おれは車をぶっ飛ばしたんだけど、白い幽霊はどこまでも追っかけてくるんだ。しまいにはよ、車庫まで追いかけてくるじゃねえか。それで車から降りてみると、入れておいたおれのワイシャツがトランクからはみ出していて、そいつが風になびいてどこまでもおれの車を追っかけてきたってわけよ」

話のオチに運転手仲間がどっと爆笑した。みんなにからかわれた中川運転手はむきになって話した。

「おれが見たのは本物の幽霊なんだ。フロントガラスから間近に見たんだ」

「触ってみたのか。触ってみれば本物かどうかわかったはずだ。本物の幽霊だったらよ、冷たくて手が凍りついただろうよ」

「恐ろしくて触れるわけねえだろう」

「あの道路には白い標識もあるし、あのあたりは墓石を造る石工所が多いから、白い墓か何かを勘ちがいしたんだ。よくある話だよ」

　誰一人中川運転手の話を真に受けようとはせず、馬鹿にされるだけだった。

「そうかい、そうかい、みんなでおれを馬鹿にするがいい。おれはいままで幽霊を信じなかったけど、これからおれは幽霊を信じる。おれはこの眼ではっきり見たんだ」

「何を？」

　と運転手仲間が訊《き》いた。

「白い女の幽霊だよ」

　中川運転手はむきになって答えた。

「その白い女の幽霊は、こんな顔をしてたかい」

　と運転手仲間が白眼をむいて舌を出し、手首をだらりと下げた。するとまた、みんながどっと爆笑した。

　みんなに笑われて、中川運転手は自信をなくし、自分が見たのは何だったのか？

と半信半疑になりだした。確かに暇なときは標識や電信柱が客に見えることがある。だが、おれが見たのは標識や電信柱や墓石ではなかった。深い闇の中から突然走って現れたのっぺらぼうの白い女は車と接触する瞬間、ふんわりと舞い上がったような気さえした。あの変幻自在な妖怪《ようかい》のように軽々と飛翔《ひしょう》して、おいで、おいでをしていた。

話が一段落したあと、中川運転手は明け方まで営業している近くのラーメン屋でギョーザとラーメンを食べ、ビールを飲みながら「疲れた……」と思った。先月は風邪《かぜ》で三出番休んだので収入が減って家計に影響し、妻に愚痴られていた。その分を取り戻そうと今月はかなり無理をしていた。運転手仲間が言うように、疲れからくる錯覚なのかもしれないと思ったりした。ビールを一本空けた中川運転手は体が鉛のように重くなり、体力の限界を感じた。

翌日、中川運転手は午後六時まで寝ていた。いつもはもっと早く起きているが、やはり疲れが溜《た》まっているのだろうと思った。

「いつまで寝てるんですか。夕食の仕度ができてますよ」

と妻に起こされた。彼はもの憂そうに起きて洗顔もせずに食卓の前に座り、

「ビールをくれ」

と言った。

「起きたらすぐビールですか。体によくないですよ」

妻にたしなめられたが、五歳になる一人息子が夕刊と冷蔵庫からビールを持ってきた。

「賢いやつだ、おまえは」

と息子を膝《ひざ》に乗せてビールを飲みながら夕刊を開いてしばらく目を通していた彼の表情がにわかに曇り、新聞を持っている手が震えた。

《多磨霊園に、若い女の他殺体》

という記事が載っていた。彼は喰い入るように記事を読んだ。

犯人は十九歳と十八歳の暴走族で、今朝、親に説得されてG警察署に自首した。二人の供述によると、十九歳の少年が高校の同級生だった藤原なみ子をドライブに誘い、六本木のライブハウスで踊り、原宿の店で飲んだあと、午前三時頃、多磨霊園に連れて行って車の中でレイプした。レイプされた藤原なみ子は二人の隙《すき》をみて逃走、二人は彼女のあとを追ったが、一台のタクシーがきたのでヤバイと思って様子を見ていると、タクシーは停《と》まらずにそのまま走り去った。そこで二人はふたたび藤原なみ子を追い、府中試験場の大通りに出る手前でつかまえ、首を絞めて殺害におよんだのである。

記事を読んだ中川運転手は愕然《がくぜん》とした。目をはらし、唇から血を流して必死に手を振っている白い衣の女の姿が浮かんだ。あのときは動転していたので、まるでのっぺらぼうか幽霊のように見えたが、いま思い返してみるとスリップ姿の彼女は、必死の形相で助けを求めていたことがわかる。

どうしてあのとき、おれは彼女を乗せなかったのか。おれにもっと勇気があって冷静に判断して彼女を乗せていたら、彼女は殺害されなかったはずだ。中川は食事が喉《のど》を通らず、ビールを飲んで寝床に入った。

それからしばらく考え込んでいた。新聞記事によると通りかかったタクシー運転手を証人として探しているとのことだった。証人として警察へ出頭すれば、なぜ彼女を乗せなかったのかを追及されるだろう。そのとき、どう返答すればいいのかわからなかった。周囲が墓地で暗闇だったので、のっぺらぼうか幽霊だと思って乗せなかったと言えば警察は納得するだろうか。状況次第では何らかの罰を受けるのではないかと恐れた。しかし警察へ出頭せずに隠し通せるとも思えなかった。なぜなら、多磨霊園の出来事を会社の運転手仲間はみんな知っているからである。中川運転手は意を決して、翌日警察へ証人として出頭することにした。

午前十時頃に中川運転手はG警察署に出頭した。受付で来意を述べると、婦人警官は待っていたかのように中川運転手を取調べ室に案内した。殺人事件を扱っているためか、何かあわただしい雰囲気だった。すぐに事件担当の刑事がやってきた。五十過ぎの刑事は表情を和らげ、丁寧な口調で、

「わざわざきていただいて感謝します」

と証人として名乗ってきたことに謝意を述べた。それから、

「まあ、どうぞお掛け下さい」

と中川運転手に椅子を勧めて刑事も椅子に座った。

柔和な表情と丁寧な口調だが、何か張りつめたものを感じる。おれは証人として警察に協力しているのだと自分に言い聞かせたが、まるで犯人扱いされているような気がした。

とりあえずこれは形式的なものですからと、氏名、生年月日、現住所、職業、勤務先、家族構成などを訊かれて中川運転手はそれに答えた。

「ところで……」

と刑事は眼の奥の黒い光に照準を合わせて中川運転手を見た。

「二人の犯人の供述では、藤原なみ子が手を挙げてタクシーを停めようとしたのにタクシーはそのまま走り去ったと言ってますが、なぜ停まらなかったのですか」

予想通りの質問だった。けれども、あらためて刑事から直接質問されるとなぜか後ろめたい気持になるのだった。

「あそこは墓地ですし、あの道路は両側から樹木におおわれて真っ暗でした。それに霧がたちこめていて前方の見通しが悪かったのです。そこへ暗闇の中から突然女が現れたので幽霊と思ってびっくりしてアクセルをふかしたのです」

率直にありのままを述べたつもりだったが、刑事は納得していないらしく疑《うたぐ》り深そうな目で中川運転手を見つめた。

「被害者の両親は、あのときなぜタクシー運転手は車を停めて娘を乗せてくれなかったのかと嘆いています。あなたはいま幽霊だと思って驚いてアクセルをふかしたと言いましたが、あなたは幽霊を信じてるのですか」

「いいえ」

中川運転手は憮然《ぶぜん》とした。

「幽霊を信じてないのにどうして幽霊だと思ってアクセルをふかしたのです」

誘導尋問のように思えた。入籠《いれこ》のように蓋《ふた》を開けると同じ形の箱が入っていて、その箱にもひと回り小さな同じ形の箱が入っていて、しだいに問題の核心に迫っていくかにみえて、じつは同じ形の箱でしかない。

「真っ暗闇の中から突然、白い衣の女が飛び出してきたら、誰でもびっくりして幽霊だと勘ちがいすると思います。わたしは幽霊を信じてませんが、幽霊だと思ったのです」

何の根拠もないのに疑惑の目で見る刑事にいったい何を訊きたいのだろうと中川運転手は強い反発を覚えた。

「あなたの気持はわかります。あなたに責任があると言ってるのではありません。あの場合、あなたが走り去ったあと、まさか藤原なみ子が殺されるとは思いもよらないことです。ですが、ひょっとして、あなたは直感的に唇から血を流している藤原なみ子を見て何かのトラブルに巻き込まれたくないと思って彼女を乗せなかったのではないですか。つまり……乗車拒否です」

「そんな……言いがかりです。これじゃあ、まるでわたしは犯人扱いされてるようなものです。証人として協力しようとやってきたのに、あまりにも失礼じゃないですか。犯人は二人とも自首してきてるのですから、これ以上、何があるんです。それともわたしを別件逮捕しようというのですか」

中川運転手は心外だといわんばかりに興奮して刑事に喰ってかかった。

中川運転手の声が大きかったので別の刑事がドアを開けて様子を見にきた。

「まあ、そう興奮しないで下さい。あなたが怒るのもわかりますが、この事件は非常に微妙な問題を含んでいます。じつは、藤原なみ子の両親があなたを告訴すると言ってるのです」

「なんですって！　何の関係もない人間を犯人扱いして告訴しようってんですか。上等じゃないですか。受けて立ちますよ。ばかばかしい。開いた口がふさがらない。お笑いですよ」

中川運転手は手で髪や眼や耳や顔のあちこちをさすって怒りを抑制しようとしていた。そして立ち上がって、

「わたしは帰ります」

と言った。

「もう少し時間を下さい。二、三確認したいことがあります」

刑事に押しとどめられて中川運転手はまた椅子に座り、

「煙草吸ってもいいですか」

と訊いた。

「いいですよ。灰皿をどうぞ」

いきりたっている中川運転手をなだめるように刑事はまるでサービス業のマネージ

ャーのように愛想よく部屋の隅にあった灰皿を差し出した。

「藤原なみ子が暗闇から飛び出してきたので、あなたは驚いてアクセルをふかして疾走したわけですが、そのとき藤原なみ子と接触してませんか」

考えてもいないことを尋問されるので中川運転手はまたしても興奮した。

「接触なんかしてません。するわけないでしょ」

何かをでっちあげて罠《わな》に嵌《は》めようとしているのではないかと中川運転手は刑事の恣《し》意《い》的な尋問に警戒した。

「しかし、解剖の結果、右足の親指が何らかの強い圧力を受けて骨折しているのです。藤原なみ子が飛び出してきて車を停めようとしたときに踏み出した右足の親指が車のタイヤに轢《ひ》かれたのではないかと考えられます。そこで現場検証をしたところ、車はいったんスピードを落とし、そしてまたスピードを上げていることがわかりました。つまりあなたは藤原なみ子の様子を確認しているのです」

理路整然としている刑事の論証に中川運転手は腹だたしく思った。藤原なみ子を見たことは見たが、彼女の様子を確認したわけではない。どんなに客観的な論証であろうと動転していた中川運転手の感情の動きを証明できるはずもないのだ。

「何かにつまずいたり、倒れた拍子に骨折することだってあります。かりに百歩譲ったわけじゃないんです。飛び出してきた相手を避けられなかったわたしに責任があると言うんですか。ビルの屋上から飛び下りた人間が全身打撲《だぼく》で死んだ場合、地面のコンクリートに責任があると言ってるようなもんです。言いがかりも甚だしい」

もはや何をかいわんやといった表情で中川運転手は脚を組み、煙草の煙を天井に向けてふーっと吐いた。

「われわれは事実関係を調べているのです。藤原なみ子は高校の陸上部の選手だったのです。被害者は府中試験場の大通りに出る手前四十メートルのところで絞殺されてます。もし足の親指を轢かれていなければ、短距離選手だった彼女は大通りに出て、走行している車に助けを求めて助かったかもしれないのです。彼女の両親はそう言ってます。あなたは二重の過ちを犯したと。乗車拒否をしたこと、そして彼女の足の親指を轢いたこと、あなたに悪意がなかったとしても責任はあると被害者の両親は言ってます」

自分に刑事責任があるというのか、それとも倫理の問題なのか、中川運転手はどちらにしても自分に責任はないと思った。

「帰らせてもらいます。これ以上、馬鹿げた話を聞きたくないです。何のいわれもないのに告訴されるとは、道も歩けないですよ。法律は何のためにあるんです。わたしのような立場の人間が告訴されるためにあるんですか」

　中川運転手は憤然として椅子に座ったまま背中をそらせて嫌悪をあらわにした。

「まあ、今日のところはお帰り下さってかまいません」

　刑事が立って部屋のドアを開けた。

「今日のところはって、わたしはもうこれ以上警察に協力する気はないです」

　中川運転手は部屋を出ながら言った。

「あなたは人身事故で告訴されるかもしれないんですよ。いいですか、よく聞きなさい。解剖の結果、被害者の右足の親指が何かに轢かれて骨折していることはわかっています。現場検証で車に轢かれたこともわかりました。そして今朝、署の者が、あなたの会社に行き、あなたが運転していたタクシーのタイヤを調べ、現場に残っている車のタイヤ跡と照合しています。事件の夜、雨が降ってましたが、あの道は樹木の葉におおわれていて、道路はそれほど水びたしにはなっていなかったので、人の足跡や車のタイヤの跡はある程度残っていたのです。二人の犯人の足跡も検証しましたが、ぴったり一致しました。あなたが運転していたタクシーのタイヤと被害者の右足の親指が轢かれたと思われる道路のタイヤの跡が一致すれば、あなたは人身事故の加害者として告訴または起訴されます。そのときは、もう一度出頭してもらいます」

柔和だった刑事の目が鋭く中川運転手を見つめた。

「そんな馬鹿な。濡《ぬ》れぎぬだ。わたしには何の責任もない」

何か恐ろしい罠に嵌められているような気持になって中川運転手は警察を出た。


被害者の両親に告訴されたが裁判にはならなかった。警察は中川運転手が運転していたタクシーのタイヤと現場に残されていたタイヤの跡を、入念に検証したが、やはり雨に濡れていた道路のタイヤの跡を中川運転手が運転していたタクシーのタイヤと同一であると認定するにいたらなかったのである。したがって検察官は起訴を見合わせたのだ。

「おまえが見たのは幽霊じゃなかったってわけだ。それにしても、とんだとばっちりを受けたもんだ」

明け方に帰庫してきた運転手仲間の一人が言った。

「まったくだ。親の気持もわかるけどよ、何の関係もないおれを訴えるなんて、どうかしてるよ。とんでもない話だ」

缶ビールを飲みながら中川運転手は疲れて充血している目をしばたたかせた。

年が明けて入試、卒業、入学、入社の季節が訪れた。この時期は行楽シーズンでもあり、タクシー運転手にとって稼ぎどきであった。そしてある日、中川運転手は練馬の中村橋から深大寺《じんだいじ》へ行ってくれという男女を乗せた。深大寺といえば多磨霊園の近くである。中川運転手は一瞬断わろうかと思ったが乗車拒否はできなかった。千川《せんかわ》通りから新青梅《しんおうめ》街道を走り、環状八号線から青梅街道に入って三鷹《みたか》通りを調布に向って行くと深大寺の裏あたりに出る。乗客に深大寺の表に回ってくれと言われて中川運転手は表に回ろうとして一方通行の道路を入って行った。すると突き当たりになっている道路に右折の標識が立っていた。中川運転手は右折して細い一方通行の道路を走っていたが、また突き当たりになっている道路に右折の標識が立っていた。仕方なく右折して百メートルほど走ったところで乗客の男が、

「ここでいい。ぐるぐる回って道がわからなくなった。たぶんすぐ近くだろう」

と少し腹だたしげに言って連れの女をうながした。

「すみません」

と中川運転手は乗客に謝って運賃を精算した。

乗客を降ろしたあと、中川運転手は自分がいまどこにいるのかわからなくなり方向

感覚をなくしていることに気付いた。だが一方通行の標識に従って走るしかなかった。すると今度は左折の標識が立っていた。しだいにあたりの建物の様子が変わってきて、○○石工とか××石材という看板のある家が目についた。何か目に見えない力に誘導されて中川運転手は細い一方通行の道を走り続けた。

四月初旬の空は明るく澄みきっている。道端のところどころにひっそりと生えている草花が春の微風になびいている。そして竹藪《たけやぶ》の茂っている道にきたかと思うと不意に広い道に出た。反射的にハンドルを右に切って、その広い道に入ったとき、雨の夜、暗闇から女が飛び出してきたのと同じ道であることが直感的に中川運転手の記憶の底から蘇《よみがえ》ってきたのだった。しかし、中川運転手が目の前にしている風景はまったくちがっていた。道路の両側に立っている樹木は樹齢数百年にもおよぶ桜の木であった。一キロ近い道は桜の花におおいつくされ、桃源郷のような妖《あや》しいまでに美しい光景だった。それほど多くはないが花見にきている恋人や家族連れが三々五々散策している。周辺には墓石などはなく、色とりどりの花が咲き乱れていた。はなみずきの大きな白い花びらはひときわ印象的だった。散策している人たちの中には道路を横断する者もいたので、中川運転手は車をゆっくり走らせた。

あの夜、中川運転手はヘッドライトの中に小鳥のように震えながら涙を流して手を振っているスリップ姿の娘をはっきりと見たのだった。引き裂かれたスリップから乳房がのぞいていたのを覚えている。唇から血をたらし、必死の形相で助けを求めていた。いったんは徐行して停止しようかと迷ったが、樹木の陰に何者かがひそんでいる気配を感じ中川運転手は、

「助けて！　助けて！　助けて下さい！」

と叫ぶ娘を振り切ってアクセルをふかし、スピードを上げて逃げたのである。あのとき、ほんの五秒もあれば娘を乗せられたはずであった。それなのになぜ乗せなかったのか。娘を振りきったとき、車にしがみついてきた彼女の右足の親指を後輪が轢いたのは間違いなかった。バックミラーをのぞいてみると、彼女は足を押さえるようにしゃがんでいた。やがて彼女は何者かに追われながら車のあとを追ってきた。

　恐ろしい出来事だった。それにもまして自分の中で何が起きたのか？　それが恐ろしかった。引き返して助けねばと思う心がなかったわけではない。だが、樹木の葉が茂るあの暗いドームの中へもどることはできなかった。長いトンネルを抜けて明るい大通りに出た瞬間、中川運転手はフルスピードで走り去った。

　深大寺の裏の一方通行の細い道に迷い込み、いままたあの暗いドームの道路にきてしまったが、そこには息を呑むほどの美しい桜の花が咲いていた。そして車をゆっく

りと走らせていた中川運転手は府中試験場に出る四、五十メートル手前の、娘が絞殺された場所で車を停めた。胸が詰まり、とめどなく涙が溢《あふ》れてきた。満開の桜の花が舞い散る下で、中川運転手はハンドルに顔を伏せて、いつまでも嗚咽《おえつ》していた。

消滅した男

快晴だった。青一色の空は光の粒子をちりばめたように輝き、夏の強い陽射《ひざ》しを浴びている街路樹が美しかった。高層ビルが林立している新宿西口の景観はもっとも都会らしい顔をしている。

Gホテルでじりじりと灼《や》けつく太陽を浴びながら客待ちしていた西田運転手は、街を流していたほうがよかったと後悔した。いつもそうだ。疲れると休息をかねてつい駅やホテルで客待ちをする癖がついている。楽をしようとするとあとで必ずそのツケを払わされることになるのだ。すでに一時間を無駄にしているので夜の稼動はきつくなるだろうと思った。ようやく順番が回ってきて三人の中年女性を乗せたが、行き先はなんと新宿駅だった。五分も歩けば着くのだから「歩いて行けよ！」と言いたかったが、ホテルの客には、成田空港へ行ってくれという客もいれば、歩いて五、六分のところへ行ってくれという客もいて、当たりはずれがつきものなのである。

新宿西口で客を降ろし、小田急デパート前で男の客を乗せて虎《とら》ノ門《もん》まで行き、夜の八時まで都内の渋滞の中をがむしゃらに走った。おかげで売上げは順調に伸び、やはりタクシーは流すに限る、とあらためて思った。

一ノ橋交差点近くにある食堂で遅めの夕食をとった。この食堂はタクシー運転手の溜《たま》り場で、夕方のラッシュ時が一段落したあとの八時前後が一番混《こ》んでいた。会社はちがっていてもみんな仲間であり、互いにうち解けて世間話をし、その日の出来事や情報を交換していた。食事のあとみんなは一時間ほど車の中で休憩する。食堂を出ると地面から立ち昇ってくる熱が肌にへばりついてきて、とたんに汗が噴き出してきた。西田運転手は道路脇に停《と》めてあったタクシーの運転席に座り、エンジンを掛けてクーラーのスイッチを入れ、椅子を後ろに倒して仮眠の姿勢をとった。午後十時から午前二時までの稼動率がその日の売上げを決定する。集中力と体力が勝負なのだ。西田運転手は一時間ほど眠っておかねばと暗示をかけて目を閉じた。
二、三十分もした頃、不気味な雷の音がした。うまく仮眠できない西田運転手は寝返りを打った。そのとき空を引き裂くような稲妻が走り、耳をつんざく凄《すさ》まじい落雷の音がした。西田運転手は思わず半身になって落雷の音がした方角を見た。一点の雲もなかった空が灰色の雲におおわれている。雷の音が耳の底で唸《うな》っていたかと思うとつぎの瞬間稲妻が走り、ふたたび電流がショートしたような衝撃音が街を揺るがした。

そしていきなり大粒の雨が降りだした。車体を叩《たた》く激しい雨の音はまるでドラムの音を聞いているようだった。西田運転手は背中をゆっくりと運転席にあずけて、これで少しは涼しくなるだろうと思いながら瞼《まぶた》を閉じた。

三十分か一時間で止《や》むだろうと思っていた雨は止むどころか、いっこうに衰えずに降り続けていた。夜から雨が降りだすと、客は早ばやと電車で帰宅してしまうので暇になるのだ。西田運転手はツキが回ってくるのを祈りながら銀座、赤坂、六本木、新宿、渋谷などを流した。

西田運転手は午前四時頃に帰庫した。いつもなら交替時間ぎりぎりの午前七時頃に帰庫する西田運転手にしては珍しく早い帰庫だった。もちろん西田運転手以外誰も帰庫していなかった。車を車庫に入れてメーターの数字を日報に記入して事務所に入ってきた西田運転手は折りたたみ式の椅子に腰をおろしてぼんやりしていた。事務所の隅のソファ・ベッドには宿直の川合《かわい》課長が眠っていた。クーラーをかけっぱなしで、パンツ一枚の太鼓腹丸出しで右腕をソファ・ベッドの外にだらりと垂らして死んだように眠っている。メガネをはずしている顔が別人のようだった。

西田運転手は煙草をふかしながら天井の一角を見つめて沈思黙考していた。そしてときどき首をひねっている。

電話のベルが鳴った。川合課長がびっくり箱から飛び出した道化師のようにソファ・ベッドから跳ね起きて腕を伸ばし、机の上の受話器を取って、

「もし、もし、Kタクシー会社です」

と寝起きの痰《たん》が詰まったような声で言った。

「なに？　道路が水びたしで車が動かなくなった？　いまどこにいるんだ……川越《かわごえ》……牽引《けんいん》しにきてくれったって、修理の連中は誰もいないよ。……おれが行けるわけねえだろう、バカ！　修理の連中が出社してくるまで、そこで待ってろ」

けんもほろろに川合課長は電話を切った。そして折りたたみ椅子にしょんぼり座っている西田運転手に気付いて、

「いつ帰庫したんだ」

と驚いた。

「四時頃です」

西田運転手の元気のない声に、

「顔色が悪いよ。体の調子がよくないのか」

と川合課長は心配そうに訊《き》いた、

つねに三番以内の売上げを堅持してきたこの道二十年のベテラン運転手も、さすがに疲れが溜《た》まってきたのだろうと川合課長は思った。ところが日報をカウンターの上に置いた西田運転手はふたたび椅子に腰を下ろしてしきりに、「おかしい、おかしい」と独り言を呟《つぶや》いている。いつもと様子のちがう西田運転手に川合課長が声を掛けた。

「どうしたんだ、西田。さっきから、おかしい、おかしい、と独り言を呟いてるけど」

しかし西田運転手はなおも激しく降り続けている雨の音に耳を傾けながら、考え込み、何かに脅《おび》えているようないわくいい難い表情をしている。

そこへ山崎運転手が帰庫してきた。彼は日報をカウンターに置いて、煙草をふかし、

「こんなどしゃぶりじゃ、客なんかいやしねえよ」

と言って椅子に座っている西田運転手を見た。

「珍しいこともあるもんだ。こんな時間に帰庫してくるとは。西田が帰庫してくるくらいだから、よほど暇なんだ。おれが客ひろえねえのも無理ねえよ」

山崎運転手は西田にかこつけて、自分の帰庫を弁明した。

「そうじゃないんだ。さっきから、どうも様子が変なんだ」

パンツ一枚だった川合課長はやっとそのことに気付いてズボンをはき、シャツを着

ながら言った。

「何が変なんだ。体の調子でも悪いのかい」

「そうじゃないらしい。さっきから、おかしい、おかしい、と独り言を言ってるんだよ」

「日報の計算が合わないんじゃないの。そういうことって、よくあるからさ」

「日報はちゃんと合ってる」

「じゃ何がおかしいんだ」

「おれにもわからない。西田に訊いてみな」

メガネをはずしているときはピンボケ写真のようだった川合課長の顔が、いまは輪郭がすっきりしているように見える。

山崎は西田の隣りの椅子に座って顔をのぞき込んだ。

「確かに顔色が悪いぜ。いつもと様子がちがうよ。どうしたんだ、西田。深刻な顔してよ。何があったんだ」

山崎は沈思黙考している西田から事情を訊き出そうと執拗《しつよう》に問い質《ただ》すのだった。山崎の執拗な問いに、貝のように口を閉ざしていた西田がようやく喋《しゃべ》りだした。

西田運転手は、午前二時頃、新橋から厚木まで行ってくれという中年の男を乗せた。どしゃぶりで暇だった西田は、これで今日のノルマは達成できると喜んで霞が関《かすみがせき》から高速道路に入ってぶっ飛ばしたのである。客はかなり酔っていたが、タクシーに乗ると「厚木インターを出たところで起こしてくれ」と言って後部座席に体を横たえた。帰宅するまでの間、後部座席で横になる客はよくいる。

西田運転手は「わかりました」と答えて走りだした。

首都高速から東名高速に入ると、雨はますます激しく降り、前方に二車線を独占して競い合うように走っている二台の大型貨物車のしぶきを浴びて、まるで滝の中を疾走しているみたいだった。西田運転手は車線を変更しようとしたが、後続車との車間距離を計れなくてなかなか変更できずに、そのまま走り続けた。

車体を叩く雨の音と前方の二台の大型貨物車のしぶきを浴びて、ラジオの音声が聞きとれないほどであった。西田運転手はラジオの音量を上げた。

豪雨の中を二台の大型貨物車は百キロ以上のスピードで疾走している。西田運転手はスピードを落としたかったが、周囲の車が百キロのスピードで走っているときは、それにスピードを合わせないとかえって危険なのだ。

西田運転手は前方を凝視したまま、まばたき一つできないほど緊張していた。首都高速道路には一定の間隔をおいて灯《あか》りがついているが、東名高速道路には灯りがついていなかった。したがって車のライトだけがたよりだった。しかし車のライトが照らし出す範囲はしれている。

「こんな豪雨の中を、百キロ以上のスピードを出しやがって、クレイジーだぜ！」

西田運転手は前方を走っている横暴な二台の大型貨物車を内心非難した。二台の大型貨物車のナンバープレートをよく見ると大阪ナンバーだった。

「くそったれ！　大阪野郎！」

おそらく二台の大型貨物車は同じ会社の所属で、東京へ荷物を運搬してきて積み荷を降ろしたその足で、別の倉庫の荷物を積んでとんぼ返りをしているにちがいなかった。西田はタクシー運転手になる前、一年ほど大型貨物車の運転手をしていたことがある。東京・広島間を途中、車輛《しゃりょう》の中で仮眠をとりながら週に四往復していた。それは危険きわまりない死のゲームのような仕事だった。二台の大型貨物車が競うように疾走しているのもノルマを課せられているからだろう。

実験では、雨の中を百キロ以上のスピードで走った場合、水溜《みずた》まりに入った車輛は一瞬浮くことが証明されている。そのことを知っている西田運転手は前方を走っている二台の大型貨物車の無謀な運転を腹だたしく思った。

ハンドルを握る掌《て》にじっとり汗がにじんでいる。金縛り状態の西田運転手はひたすら前方を見つめて走り続けた。

やがて後方から一台の乗用車が猛スピードで西田のタクシーと二台の大型貨物車を追い越して行った。それを見計らって、西田運転手も左端へ車線変更した。そしてスピードを落としてほっとひと息ついて標識を見ると、厚木インターまで二キロと出ていた。

グッド・タイミングだった。西田運転手はゆっくりとスピードを落としながら厚木インターを出て一般道路に入ると車を停めて、

「お客さん、厚木インターを出ましたよ」

と声を掛けた。

ところが返事がなかった。後部座席で横になった酔客は眠ってしまうことがよくある。西田運転手は再度、

「お客さん、厚木インターを出ましたよ」

と言って振り返った。後部座席に乗っているはずの客がいなくなっていた。

西田運転手は一瞬、錯覚だと思った。しかしすぐに、シートから床にころげ落ちたのかもしれないと体を乗り出して床をのぞいてみたが、やはりいなかった。

「どうなってるんだ……おれは確かに新橋で酔っぱらいの中年男を乗せたはずだが……それとも乗せなかったのだろうか？　そんなはずはない。厚木インターを出たところで起こしてくれ、と言った男の声が耳にはっきり残っている」

西田運転手はルームライトをつけ、車から降りて後部座席を点検した。シートを触ってみると、じっとり濡《ぬ》れている。そういえば男は傘をさしていなかった。ビルの入口で雨宿りしていた男はよろめきながら出てきて手を挙げたのだった。その冷たいシートの感触に西田運転手はぞっとした。背筋に悪寒が走って恐怖を覚えた。

雨の日に乗せた客がいつの間にかいなくなって、シートがじっとり濡れていたという、あの怪談にそっくりだった。

そんな馬鹿なと思いながら、現実に乗せた客がいないことに動揺した。錯覚だろうか？　ビルの入口から出てきたときのよろめき方は酔っぱらいに特徴的なものだった。低い声も耳に残っている。錯覚であるはずがない。顔はさだかではないが、乗ってきたときアルコールの臭《にお》いもした。錯覚でないとしたら、なぜ客はいないのか？　頭が混乱してきた西田運転手はハンドルを大きく切ってターンすると一目散に引き返した。

いまにも後部座席から中年男の腕がぬーっと伸びてきて首を絞められそうな気がした。落ち着け、落ち着くんだ、と西田運転手は自分に言い聞かせながらアクセルを踏み込んだ。さっきは百キロ以上のスピードで走っていた二台の大型貨物車を非難していたが、西田運転手は百二十キロの猛スピードで疾走した。背後の暗闇から何かが追いかけてくるようだった。そしてやっとの思いで車庫にたどり着いたのである。

話し終えた西田はまだ何かに脅えているらしく憔悴《しょうすい》しきっていた。話を聞かされた山崎が笑いながら言った。

「よく聞く怪談だけどよ、実際にそんなことあるわけねえよ」

「それじゃあ、おれの話は嘘《うそ》だというのか」

「おまえは錯覚してんだよ。無理してノルマを上げようとするから、今日みたいな暇な日は焦ってさ、客を乗せてないのに乗せたと思い込んで走ってしまったんだ。おれにも経験がある。暇なときは標識や電信柱が客に見えたりするからさ。それと同じだよ」

「冗談じゃねえよ。だったらおれは完全に頭がいかれてることになるじゃねえか。いくら暇だからといって、おれはそこまでおかしくなってねえよ」

「しかし、客はいなかったんだろう。幽霊でも乗せたっていうのかい」

「だからおれにも何が何だかわけがわかんねえんだよ。気味悪くてよ」

そう言いながら西田は頭をかかえ込んだ。

「錯覚だよ、錯覚。二、三日体を休めて疲れをとれば、錯覚だってことがわかるよ。日頃から無理するなって言ってんだろう。無理をするからこういうことになるんだ」

つねに会社で三番以内の売上げを記録している西田を、売上げの低い山崎はこのときとばかり批判した。それには事務所の川合課長に対する牽制《けんせい》もこめられていた。

「だけどよ、日報の売上げは合ってるじゃないか」

と川合課長が言った。

「それは厚木までの運賃をおれが自腹切って合わせたんだ。メーターが上がってるから、しょうがねえだろう」

西田はふてくされ気味に答えた。乗せたはずの客が消えてしまい、請求相手がいないので自腹を切るしかなかったのである。

洗車する気力がなかったので西田は千円を川合課長に渡して洗車してもらうことにした。安月給の川合課長は千円で洗車を請け負っているのだ。

自宅に帰った西田は疲れていたにもかかわらず眠れなかった。どう考えてもおかしいと思った。山崎は錯覚だときめてかかるが、新橋で中年男を乗せたのは間違いないのだ。ビルの入口からよろめきながら出てきた姿や低い声やアルコールの臭いが錯覚だったとは思えない。西田は瞼を閉じて記憶の暗室で何度も反芻《はんすう》した。では中年男はどこへ消えてしまったのか？　何度も反芻しているうちに錯覚だったかもしれないと思いはじめた。人間の記憶はこんなにも曖昧《あいまい》なものなのか。数時間前に起きたことに自信が持てないとは。

悶々《もんもん》としながらいつしか眠りに陥《お》ちた西田は昼過ぎに目を覚ました。そして西田は食事もとらずに出掛けた。

S警察に出頭した西田は昨夜の出来事の一部始終を話した。

「不思議な話ですね」

調書をとっていた刑事は机の上にボールペンを置いて腕組みした。そして山崎と同じように錯覚ではないのかと言う。

「錯覚じゃないです。わたしは客を乗せました。調べて下さい」

西田の強い要請に半信半疑の警察も調査せざるをえなくなり、

「とにかく一度、現場を検証しましょう」

と約束した。

翌日、警察に赴いた西田はパトカーの後部座席に担当刑事と一緒に座り、新橋から高速道路をたどって厚木インターを出た。現場検証とはいえ、三十数キロにもおよぶ漠然とした摑《つか》みどころのない通りいっぺんの現場検証で何かがわかるはずもないが、とりあえず西田運転手が客を乗せて走った軌跡は確認できた。

警察にもどった刑事はいささか困った表情で、

「高速道路パトロール車と清掃会社に協力してもらって調査してみます。まあ数日かかるでしょう」

と消極的な態度だった。

どうせろくな調査もせずに、この件はおれの錯覚だったということで終るだろうと西田運転手は思っていたが、三日後に警察から呼び出された。

担当刑事の話によると、静岡の道路にこびりついていた男の物らしい服と靴の切れ端が見つかり、沼津で粘土状の一万円札も見つかったが、人間の遺体らしきものは見つからなかったという。ただ鼠《ねずみ》なのか猫なのか犬なのかわからない生物の肉の一部と思われる粘土状の物体が道路にこびりついていて、現在分析中であること、しかし服と靴と一万円札の切れ端がはたして西田運転手のタクシーの乗客のものかどうか特定できないと言った。

そしてつぎのように状況を説明した。おそらく酔っていた乗客は寝返りを打ったとき、何らかの偶然でドアが開き、高速道路に転落したものと考えられる。そこへ走ってきた大型貨物車や乗用車に轢《ひ》かれたが、高速道路を百キロ以上のスピードで走っている車輛は何かを轢いたかもしれないと思いながら停止することができない。つぎつぎに轢かれて遺体はぺしゃんこになり、道路とタイヤの猛烈な摩擦によって遺体も衣類も引き裂かれ、道路とタイヤにへばりついて摩耗し、ついには影も形もなくなってしまったのではないか、と。

一日に数万台の車輛が猛スピードで疾走している高速道路に転落した乗客は完全に消滅してしまったのだ。たとえ家族が捜索願いを出しても、この乗客を探し出すことはできないだろう。

警察の調査結果を聞かされた西田運転手は、ただ茫然《ぼうぜん》とした。しかし警察の推論が正しいかどうかはいまだにわからない。西田運転手はときどきふと、もしかしてあの豪雨の深夜に乗せた客は幽霊だったかもしれないと思うことがある。

忘れ物

電車の中の忘れ物は年間数万点におよぶが、タクシー内の忘れ物もかなりの点数にのぼっている。タクシー内の忘れ物はおもに近代化センターに届けられ、処理されているが、バッグや財布といった金目の物は残念ながら乗客にもどる可能性はほとんどない。乗客にもどる可能性があるとすれば、運転手が見つけた場合や大きな荷物に限られている。というのも、乗客を降ろすたびに後部座席をいちいち点検する運転手はあまりいないからである。またバックミラーに映る後部座席はせいぜい乗客の首から上くらいで、アベックが少し体をずらせてエッチなことをしてもバックミラーには映らないのだ。したがって、座席に忘れていった小物にいたってはまったく確認できない。

東京都内には法人・個人のタクシーが約四万台あり、一台につき一日約七十人乗せているので全体的には約二百八十万人の客を乗せていることになる。これだけの人数を乗せていると、必ず数百点の忘れ物や落とし物があると思われるが、それらの忘れ物や落とし物は運転手に見過ごされており、おそらくつぎの乗客に拾われているのではないかと思われる。

Yタクシー会社に勤める石田運転手は乗客が降りるたびにちくいち後部座席を確認していた。これはなかなかできないことである。たまにふと後部座席を確認することはあっても、乗客が降りるたびに後部座席を確認するのは習性にならなければできない。石田運転手はいつの頃からか、そのような習性を身につけ、いままで乗客が忘れていった荷物を五回も近代化センターに届け出ている模範的な運転手だった。

これは石田運転手の几帳面《きちょうめん》な性格の一端をあらわしている。午前七時に出勤し、翌日の午前五時に帰庫してくる。この勤務の仕方は十年間変わらない。洗車に二十分かけ、三時間の仮眠をとって帰宅する。五年前、千葉県市川にマイホームを購入した石田運転手は、会社と自宅の距離が三十キロ以上あるので疲労で事故を起こさないために必ず仮眠をとるのである。

ある日、銀座で乗せた中年女性を池袋で降ろし、いつものように後部座席を確認すると、乗客が忘れていったと思われる黒いワニ革のボストンバッグがあった。石田運転手はすぐに下車した中年女性の姿を目で追ったが、すでに雑踏にまぎれて見つけられなかった。そこで石田運転手は数分間、その場所で待機した。忘れ物をした乗客があわててタクシーを降りた場所に引き返してくることがよくあるからだった。石田運転手は待ちながら中年女性の服装や顔を思い出そうとしたが、なかなか思い出せない。鮮やかなグリーンのジャケットは憶《おぼ》えていたが、ジャケットの下に何色の衣装をまとっていたのか思い出せない。髪型や表情にいたってはぼんやりしていた。会えばたぶんわかると思うが、ほんの三、四分前に降りた中年女性の容姿が漠然としているのだ。五分が過ぎ、十分が過ぎても引き返してきそうもなかったので、仕方なく石田運転手は忘れ物を会社に届けることにしてボストンバッグをトランクにしまい込み、営業を続けた。

午後九時頃、仕事が一段落した石田運転手はいつもより少し遅い夕食を新宿十二社《じゅうにそう》の行きつけの中華料理店でとり、食後車の中で煙草をふかしながらひと休みしていたが、ふとトランクにしまい込んだ忘れ物のボストンバッグのことを思い出した。いったい何が入っているのだろうと思って、彼はトランクからボストンバッグを取り出した。いままで彼が見つけた忘れ物は旅行用の衣類であったり、買い物袋であったりしたが、見るからに高級な光沢のある黒いワニ革のボストンバッグは彼の好奇心をつのらせた。

そして車の中でボストンバッグを開けてみた彼は一瞬ぎょっとした。帯封された百万円の札束がぎっしり詰まっていたのだ。彼は素早くボストンバッグを閉じてあたりを見回した。体が震えた。開けるのではなかったと思った。だが一度見てしまった札束は彼の瞼《まぶた》の裏に焼きついていた。夜の空に聳《そび》えている高層ビルの灯《あか》りがきらめいている。その硬質で人工的な灯りは石田運転手の欲望を刺激した。

彼はふたたび、恐るおそるボストンバッグを開け、震える手で札束を数えてみた。千五百万円の大金が入っていた。しかも札束以外に宝石の入ったケースが四個、宝石の価値はわからないが、かなり高価なものにちがいなかった。さらに拳《こぶし》が入るほどの革袋があった。その革袋を開いてみると、目も眩《くら》むような光り輝く裸ダイヤがぎっしり入っていた。数十個、いや数百個かもしれない。彼はあわててまたボストンバッグのチャックを閉じて高鳴る動悸《どうき》を静めるために大きく呼吸した。だが体の震えは止まらなかった。

会社に届けるべきか警察に届けるべきか迷いながら、頭の片隅では別の考えがちらついていた。千五百万円の札束を見てとっさに思ったことは家のローンであった。五年前、市川に三千万円のマイホームを二十五年ローンで購入したが、あと二十年のローンを考えると、ときどきぞっとするのだった。この千五百万円があれば、ローンもかなり軽減され生活にゆとりが出てくるだろうと思ったのである。

いつか何かの雑誌で、五十万円くらいまでの金額はもどってこないが、何百万円もの大金になると必ずもどってくるという記事を読んだことがある。何百万円という大金を拾った者は怖くなって必ず届け出るというのだ。とすれば、何百万円という大金を拾った場合、五十万円くらいまでの金はもどってこないという定説を逆手にとって利用すればいいのではないか。つまり千五百万円を五十万円くらいと思えばいいのである。そして五十万円くらいの金額を拾得した者が摘発された例はほとんどないのだった。じっと考え込んでいる石田運転手の全身に汗がにじんでいた。千五百万円の大金を目の前に、彼はまるで拷問にかけられているようだった。

それから石田運転手はメーターを倒して車を発進させ、家に直行した。車のトランクに積んでいるのは危険だと思ったからである。メーターを倒したのは空車時間をつくらないための、いわばアリバイ工作であった。新宿から高速道路に乗り、市川まで一気にぶっとばした。途中、箱崎あたりが渋滞していたが、家まで四十分かからなかった。

家に着いた石田運転手は狭い裏庭の片隅にある物置きにボストンバッグを隠していったん車に乗ったが、不安になってもどり、今度は物置きの横の地面を掘ってボストンバッグを新聞紙に包んで埋めた。妻と八歳になる長男はまだ起きていて、テレビを見ていた。

「こんな時間まで子供と一緒にテレビを見ているとは……。早く子供を寝かせればいいのに……」

小学二年の子供は毎朝ぐずついて起床しようとしないのだ。それを考えると、夜遅くまで子供と一緒にテレビを見ている妻を腹だたしく思った。

新興住宅地とはいえ、駅からバスで二十分もかかる辺鄙《へんぴ》なところである。二十棟ほどの住宅が建っている周辺には田畑が広がっていた。石田運転手は妻に気付かれないよう足音を忍ばせて庭を出ると車に乗って東京にもどった。時刻はちょうど深夜メーターに変わろうとする十一時だった。石田運転手は首都高速の新橋出口を出て赤坂方面に向かい、虎ノ門《とらのもん》で二人の客を乗せた。行き先は鎌倉だった。今日はついていると思った。こうして石田運転手は何くわぬ顔で明け方の五時に帰庫し、洗車のあと風呂に入って三時間の仮眠をとり、午前九時頃に自家用車で帰宅した。帰宅した石田運転手はいつものようにハムエッグを肴《さかな》にビールを一本飲んで就寝した。疲れていたのか夕方までぐっすり眠った。

起床した石田運転手はさっそく朝刊と夕刊に目を通した。ところが新聞にはボストンバッグの記事は掲載されていなかった。彼は服を着替えて「ちょっと出掛けてくる」と妻に断わって、車で駅前に行き、売店で何種類もの新聞を買って車の中で隅々まで読んだが、どの新聞にも落とし主に関する記事は掲載されていなかった。

ほっとしながらも「おかしい……」と首を傾《かし》げた。あれはどの大金と宝石を忘れた者が警察に届け出ないはずがない。警察に届け出れば当然新聞記事になるはずであった。何か警察に届け出られない事情でもあるのだろうか。十数年前、ある男が道端で拾った一億円を警察に届け出たにもかかわらず、その後、落とし主はついに現れなかったので、一億円は拾った男のものになった。あの一億円も落とし主は警察に名乗り出ることができない事情があって泣き寝入りしたにちがいないと石田運転手は思った。それどころか二億円を藪《やぶ》の中に捨てたり、一億円を古い金庫に入れて廃棄物にしたり、世の中には、そういう不可解なことが起きるのだ。石田運転手はそう解釈して自らを安心させていた。

その後、石田運転手は普段と変わらない勤務状態で会社と家を往復していた。たまに休日が日曜日と重なったときなど、石田運転手は家族と近くのディズニーランドへ遊びに行ったりした。

「最近、あなたはやさしくなったわね。以前は子供がディズニーランドへ連れて行ってほしいと言っても、疲れてるって言って、とり合わなかったのに」

妻は夫の変わりように目を細めていた。

その間、石田運転手は毎日注意深く何種類もの新聞に目を通していたが、落とし主の記事は見当たらなかった。石田運転手は夜中に起きてこっそり地面を掘り返し、新聞紙を取り替え、油紙とビニールで何重にも包み、外部からの侵蝕《しんしょく》に耐えられるようほどこした。そして日がたつにしたがって、あの大金は神が自分に与えてくれた贈り物のように思えてきたのだった。

彼は毎日、出掛けるときと帰宅したときに、ボストンバッグを埋めた場所を確認していたが、不安はいつしか消え、タクシーの運転をしている間、千五百万円の使い道をあれこれ考えるようになっていた。金の使い道を考えると時間の過ぎるのを忘れて楽しかった。宝石は捨てよう。惜しいが宝石に手を出すのは危険だから、どこかの河に捨てるか、山中に埋めてしまおう。彼は半年の期限を切って、半年たったら宝石を処分し、現金を使うことにした。その頃になれば誰も、落とし主でさえも忘れているだろう。

だが、事件は四ケ月も過ぎた白昼に起こった。石田の家の前に一台の車が停《と》まり、三人の男と一人の中年女性が家に乱入してきた。子供を学校に送り出した石田の妻が、食事の後片づけを終え、洗濯をしながら掃除機をかけているところへ、三人の男と一人の中年女性が土足でどかどかと上がってきたのである。あまりの傍若無人な振る舞いに、石田の妻は何かの冗談かと思ってあっけにとられていたが、三人の男と一人の中年女性は石田の妻を無視して、明け番で就寝している石田の部屋に入り、男の一人が眠っている石田の胸倉をいきなり摑《つか》んで起こし、

「この男か」

と中年女性に訊《き》いた。

「この男に間違いない」

と女が答えるやいなや、男はいきなり石田の顔面を殴りつけた。突然顔面を殴られた石田は目を覚まし、寝ぼけ眼《まなこ》で相手を見た。

「ボストンバッグはどこにある！」

と男が言った。

「な、なんだって……」

「ボストンバッグはどこにある！」

男は声を荒らげた。

「何のことだか、さっぱりわからない。おまえたちは誰だ！」

この時点ではいったい何が起きているのか石田には皆目見当もつかなかった。

「しらばっくれるんじゃない！」

胸倉を摑んでいた屈強な男の拳がいま一度石田の顔面をとらえた。たまらず後ろにのけ反った石田の鼻から血が噴き出した。

「何をするんですか！　警察を呼びますよ！」

不意に乱入してきた男たちが就寝している夫をいきなり殴りつけたので動転しながらも気丈夫な石田の妻は喰ってかかり、電話の受話器を取ろうとした。その手を押さえて、別の男が言った。

「警察を呼ぶ？　警察を呼べるものなら呼ぶがいい。あんたの旦那《だんな》は盗《ぬす》っ人《と》なんだ。おれたちの金とブツを猫ババして、どこかに隠してるんだ」

「嘘です。うちのひとは、そんなことしません」

男と妻のやりとりを聞いていた石田はやっと事態を理解した。

中年女性が男たちと何か喋《しゃべ》っていた。どうやら中国語らしい。男たちが家中を探しはじめた。

「やめて下さい！　やめて下さい！」

引き止めようとする石田の妻を押しのけて男たちは徹底的に家探しをしたがボストンバッグは見つからなかった。

石田を殴りつけた男が今度はナイフで石田の胸を斬《き》りつけた。その問答無用の凶暴さに対応できない石田は逃げようとしたが、男はさらに背中を二度、三度斬りつけた。悲鳴をあげて外へ逃げようとする石田を別の男が刃物を構えて阻んだ。そして夫をかばおうとした妻に男の刃物が突き刺さった。

刃物は心臓を貫き、石田の妻は即死した。

石田家のただならぬ騒動に隣り近所の者が警察に通報し、駆けつけたパトカーのサイレンに暴漢たちはいち早く車で逃走した。想像だにしていなかった結末であった。

石田は胸に一ケ所、背中に三ケ所斬りつけられたが傷は浅く、全治三週間だった。そして傷の癒えたあと、あらためて警察に出頭して取調べを受けた。妻を失って打ちひしがれている石田に取調べ官が同情するように言った。

「あんたは千五百万円の現金に気をとられていたらしいが、千五百万円の現金だけなら連中も諦《あきら》めたかもしれない。だが、四つのケースと革袋の中に入っていた宝石は故買品で時価六億もする代物だ。連中が血眼《ちまなこ》になって探すのも無理はない」

あの宝石にそれほどの価値があるとは知らなかった石田は、いまさらのように後悔しながら、

「魔がさしたのです。家のローンを返済しようと思って……生活が苦しかったので

す」

とその場に泣き崩れた。

トラブル

青山一丁目から絵画館を正面にして外苑《がいえん》に向う道路は、秋ともなれば銀杏《いちょう》並木の落ち葉が情緒をかもしだし、四季を通じて美しいところである。だからここは映画やテレビドラマのロケによく使われる場所でもある。

長山運転手はこの場所が好きだった。午後一時頃に昼食をとったあと、長山運転手は必ずこの場所にきて絵画館を眺めながら煙草をふかして二十分ほど休憩していた。一日の勤務中でもっとも落ち着ける時間であった。

長山運転手はゆっくりと車を発進させた。外苑から新宿方面に向い、四谷四丁目交差点の手前で乗せた客を笹塚《ささづか》まで運ぶと、ふたたび新宿にもどって明治通りから渋谷をめざす途中、代々木あたりで六本木までの客を拾った。長山運転手は山手《やまのて》地域をテリトリーにし、新宿と渋谷を二つの焦点とする楕円《だえん》を描くように仕事をしていた。たとえ上野や池袋方面にもって行かれても新宿・渋谷をめざしてもどってくる。その流れを持続することが一定の売上げにつながるのである。

六本木で客を降ろすとすぐに七十歳過ぎの老人が乗ってきた。渋谷の松濤町《しょうとうちょう》へ行ってくれと言う。長山運転手の思惑通りの流れである。六本木から青山通りまでは比較的すいていたが、青山通りに入ったとたん渋滞した。渋滞は渋谷に近づくにしたがってますますひどくなる。

「まったく、この渋滞はどうしようもないな」

頑固そうな老人は車に埋めつくされ、排気ガスにまみれている街を炯々《けいけい》とした眼で眺めていらだっていた。

渋滞は売上げが伸びないので長山運転手もいらだっていたが、

「今日は十日の金曜日ですから、平日よりは渋滞しています」

と乗客をなだめるように言った。

「政府の政策がなっとらんのだ。戦後の出鱈目《でたらめ》な土地政策と何もかも東京に集中しているためにこんなことになったんだ。この狭い日本列島に一億二千万人が住んでいる。そのうえ東南アジアから外国人がどんどん入ってくる。アメリカは移民の国だが、日本は移民の国じゃない。連中のために日本人の職場が奪われているというじゃないか。政府はもっと厳しく取り締まるべきだ。外国人を入れるべきではない。そのうち連中に日本を乗っ取られてしまうかもしれん」

老人は厳しい口調で罵《ののし》るのだった。

長山運転手は自分が罵られているようで返答に窮して黙っていると、

「いま満州があったらなあ……」

と老人は感慨深げに言った。

老人のたわごとと思って聞き流せばよかったのだが、外国人は入れるべきではないと言っておきながら、いま満州があったらなあ、と溜息《ためいき》まじりに呟《つぶや》く老人の言葉があまりに矛盾していたので、長山運転手はつい、

「お客さん、満州は満州人のものですよ」

と老人の時代錯誤の意識を指摘した。

すると老人は眉《まゆ》をつり上げ、言葉を荒らげて、

「ここで降りる！」

と千円札を助手席に放り投げて、自分でドアを開けて渋滞している道路のど真ん中に降りたのである。

長山運転手はあっけにとられていたが、急に腹が立ち、

「車に轢《ひ》かれてくたばっちまえ！　死にぞこないめ！」

と車窓から老人に向かって罵声《ばせい》を浴びせた。

渋滞している車輛《しゃりょう》の間をよたよたと歩いている老人に数台の車がクラクションを鳴らしていた。

「くそったれ！　なにがいま満州があったらなあ、だ。よく言うぜ」

老人が降りたドアを閉めて、長山運転手は一寸刻みの渋滞の中で独りごちた。

後味の悪いむかつく感情がなぜかおさまらなかった。こういう日はツキが落ちたり、事故になるおそれがある。長山運転手は、冷静にならなければと思った。

タクシーは便利な乗り物であると同時に不思議な乗り物である。タクシーはさまざまな客を乗せるが、その間、タクシー運転手と乗客に間には不思議な関係ができる。いま出会ったばかりのどこの誰だかわからない人間と喧嘩《けんか》をしたり、意気投合して食事をご馳走《ちそう》になったり、悩みを打ち明けられたり、女性やホモから口説かれたりする。しかし、走る密室の中で、人は外部とまったくちがう世界をつくり出す。タクシー運転手と乗客は狭い空間で秘密めいた濃密な世界を共有する。

だが、食事をご馳走になったり、悩みを打ち明けられたり、女性やホモから口説かれたりする一方で、逆にまったく無視されることもある。後部座席でエッチな行為をする男女もいれば重大な密談をする者もいる。そういう乗客にとって運転手はいわば単に車を運転している機械と同じである。しかもそういうことはタクシーという走る密室の中だからこそできるのだ。街の往来やレストランやデパートの中ではできない。長山運転手はそのことをよく知っていたが、それでもトラブルに巻き込まれることがよくある。

渋滞の道路の真ん中で勝手に降りた老人とのことを忘れかけていた夕方である。長山運転手は新宿から大森までの夫婦の客を乗せた。車に乗ってきたときは別に変わったところはなかった。それどころか妻は夫から買ってもらったミンクのコートを着てしきりに喜んでいた。五十歳前後の夫婦だったが、でっぷり太った夫は喜んでいる妻に満足している様子だった。

それから二人は数分小声で話していたが、突然夫が、

「おまえはいつも何かにつけてそんなふうにからんでくる。コートが気に入らんのか！」

と大声で怒鳴った。

妻は長山運転手の手前、赤面して黙っていたが、やがて細い声で言った。

「わたしはもう我慢できません」

すると夫はいきなり妻の顔を打擲《ちょうちゃく》した。

長山運転手はどきっとして思わずブレーキを踏むところだった。

「なんべん同じことをくり返す気だ。あの女のことは口にするなと言っただろう」

興奮した夫の息づかいが伝わってくるようだった。憎しみをこめた目で夫を睨《にら》んでいる妻の顔がバックミラーに映っていた。その唇に血がにじんでいた。

「あの女がそんなにいいのなら、わたしは出て行きます。あの女を家に入れたらいいでしょ」

「まだわからんのか、きさま！」

夫がふたたび妻を打擲して、今度は髪の毛を摑《つか》み、殴打をくり返した。妻は悲鳴をあげて泣き叫んだ。それでも夫は殴打をやめようとしなかった。他人の夫婦喧嘩に介入するつもりはなかったが、場所をわきまえずに妻を殴打し続ける夫のあまりの非常識さに長山運転手は車を停《と》めた。

「お客さん、いい加減にして下さい。夫婦喧嘩をやるなら別の場所でやって下さい。車の中でやられたんじゃ、こっちがたまらんですよ」

長山運転手もときどき夫婦喧嘩をやるが、いままで妻に手を上げたことはない。たいがい長山運転手の方が逃げ出し、居酒屋で一杯飲みながら頭を冷やす。だから車の中でいきなり妻を殴りつける夫の気持がしれなかった。理由はどうあれ、あまりに横暴で野蛮だと思った。暴力の前では女は無力に決まっているではないか。

「暴力はいかんですよ」

と長山運転手はつい口をすべらせた。それが気に障ったらしい。

長山運転手から注意された夫はむっとして、鉾先《ほこさき》を変えてきた。

「おまえには関係ない。他人の夫婦喧嘩にとやかく言うな。おまえは黙って運転しろ！」

「冗談じゃない。後ろで殴る蹴《け》るの喧嘩をしてるのに、黙って運転してられるかよ」

長山運転手も頭に血がのぼって言葉を荒らげた。でっぷり肥えて貫禄のある男だったが、背が低く蹴飛《けと》ばせばころびそうな体型をしていた。

「雲助のくせに、生意気な口をきくんじゃない！」

このひと言で長山運転手の腹は決まった。彼はゆっくり運転席から離れて後部座席のドアを開けて言った。

「女を相手にせずに出てこい。老いぼれ！　叩《たた》きのめしてやる！」

革ジャンにジーパンをはき、髪を伸ばしている長山運転手の風体がならず者に映ったのかもしれない。タクシー運転手には気の荒い連中が多くいるからだ。長山運転手に挑戦された夫はいささかひるんでいた。夫からさんざん殴られていた妻が車から降りて長山運転手に謝った。

「すみません。申しわけありません。わたしたちはここで降ります」

鼻血と唇ににじんでいる血をハンカチでぬぐい、乱れた髪を直しながらひたすら謝るのだった。そしてメーター料金を精算した。憮然《ぶぜん》とした表情で長山運転手と睨み合いを続けていた夫は、妻にうながされて立ち去った。

「くそったれ!」

運転席にもどった長山運転手は煙草を一服ふかして冷静さをとりもどそうとした。フロントガラスに映る街はすでに暮れていて建物や街灯に灯《あか》りがついていた。長山運転手は客とのトラブルを忘れるためにがむしゃらに走って営業を続けた。おかげで午後八時にはいつもより三割ほど多い売上げになっていた。

国立競技場の近くにある食堂で遅い夕食をとり、長山運転手は絵画館前通りの道路脇にタクシーを停めて休憩に入った。絵画館を眺めていると長山運転手はなぜか落ち着くのだった。

深夜メーターに変わる午後十一時から午前一時までが、その日のノルマを達成できるかどうかを左右する時間帯である。その時間帯の走りに備えて体力をたくわえるために一時間ほど仮眠をとった長山運転手は煙草をもう一服ふかして発進した。

新宿に向い、歌舞伎町《かぶきちょう》で客を乗せて高円寺へ行き、帰りに青梅《おうめ》街道の中野坂上から六本木までの客を拾った。六本木では客を乗せるのに十五分を費やしたが、乗ってきた客の行き先は青山一丁目だった。また同じ場所にもどってきたと思いながら青山通りを流し、青山三丁目交差点の手前で新宿へ行こうか、それとも直進して渋谷に向おうか躊躇《ちゅうちょ》している間に交差点にさしかかり、思いきって左折した。青山三丁目交差点から墓地下までの間に数軒のスナックやパブがある。表通りは人通りの少ない場所だが、人目につかない裏にも数軒のスナックやバーがあり、そこから長距離客がよく出るのである。深夜の三時、四時頃になると長山運転手はこの場所で待機して、長距離客を一発狙《ねら》うのだった。いわばこの場所は長山運転手にとって穴場であった。青山三丁目交差点で新宿へ行こうか渋谷へ向おうか迷って思わず左折したのも、こうしたイメージが反射的にひらめいたからだった。

交差点を左折して二百メートルほど走ったマンションの前で一人の女が手を挙げた。ミンクのコートに黒いバッグを提げ、ハイヒールを履いた二十四、五歳の女だった。ウェーブのかかったしなやかな長い髪が魅力的であった。黒い大きな瞳にはぞくっとするほどの色気があり、肉感的な唇から性的な香りが漂ってくるようだった。長山運転手がドアをさっと開けると、女は後部座席にゆっくり乗り込んだ。

「どちらまでですか」

長山運転手はいま一度女の容姿を確かめようと振り返った。

「大阪まで行って下さい」

女のまろやかな声が長山運転手の耳の底で広がった。

「えっ……」

と長山運転手は夢うつつの中で外部の人間の声を聞いているような感じを受けた。

「おおさ……」までは聞えたのだが、そのあとの言葉がとぎれていた。

「大阪まで行って下さい」

女は二度同じことを言わせないでほしいという表情をした。

「大阪ですか?」

長山運転手はまた訊《き》き返した。そしてタコメーターの時計を見た。午後十時二十分を指していた。

「そうです」

女はにこやかに頷《うなず》いた。

長山運転手は考え込んでしまった。確かにめったにない長距離の乗客である。おそらく六出番の売上げに相当するだろう。けれども燃料補給と帰庫時間の問題がある。さらに重要なことはメーター料金だった。はたしてこの女に支払い能力があるのだろうか。夜の十時二十分を過ぎていたので大阪までの電車はない。しかし、よほどの緊急事態でない限り、この時間にタクシーを利用して大阪まで行く人間はそういるものではない。たぶんタクシーを飛ばしてでも行かなければならない緊急事態が発生しているにちがいないのだ。

長山運転手はもう一度女の容姿を観察した。

青山という場所柄と毛皮のコートを着た美人ということを考え合わせると、彼女が乗り逃げするようには思えなかった。

「大阪まではかなりのメーター料金が出ますが、それでもいいんですか？」

と長山運転手は念を押した。

「ええ、かまいません。行って下さい」

女は平然と答える。

その言葉に長山運転手は意を決して大阪へ行くことにした。その前に、とりあえず会社に電話を入れて事情を説明し、帰庫時間の延長をとりつけておかねばならなかった。

「大阪だって？　本当かい。昔はそういう客もたまにはいたが、いまどき、そういう客がいるとは驚いたね。しかも女とは」

部長は驚いていたが、ありえないことではなかったので諒解《りょうかい》した。部長の諒解をとりつけた長山運転手は、十一時閉店のLPスタンドへ走った。渋谷の山手《やまて》通り沿いにあるLPスタンドで燃料を補給している間、長山運転手は他の運転手仲間に、これから大阪までぶっ飛ばすんだと自慢気に話した。

車の後部座席に座っている女をのぞき込んだ運転手仲間の一人が、

「すげえ美人じゃねえか」

と言った。

長山運転手は得意になって燃料補給の終ったタクシーを運転して東名高速道路をめざした。深夜の東名高速道路を走っているのはほとんどが大型貨物車だった。昼間の渋滞を避けて夜間走行をしているのだ。

途中、彼女は少しお腹《なか》が空《す》いたので何か食べたいと言った。そこで長山運転手は名古屋の上郷《かみごう》のサービスエリアで食事をとったが、彼女はあとでメーター料金と一緒に支払うと言って、飲食代を長山運転手に立て替えさせた。長山運転手はここでLPガスを補給した。

大阪に着いたのは午前七時頃だった。大阪の地理にうとい長山運転手は彼女の指図にしたがって豊中《とよなか》のある高級マンションに着いた。

「バッグを置いて行くから、ちょっと待っててね」
と言って彼女はマンションの中に入り、十分ほどで出てきた。それからまたタクシーに乗った彼女の指図にしたがって大阪のあちこちをめぐったのち、東京へもどってほしいと言われた。大阪で降りるものと思っていた長山運転手は、なんてツイてるんだろうと内心喜び勇んで東京へ引き返してきた。途中、来たときと同じ名古屋の上郷SAで食事をとり、LPガスを補給し、このときも彼女の飲食代を長山運転手が立て替えた。

長山運転手は昨日の朝七時に出庫してすでに三十三時間走り続けていたので、首都高速道路の霞《かすみ》が関《せき》インターを出たときはさすがに疲れきっていたが、メーター料金を見て元気が出た。メーター料金は三十三万円を超えていたのである。そして昨夜彼女を乗せた青山のマンションの前に着くとほっとした。

ところが彼女は平然と「お金がないの」と開き直った。長山運転手は狐《きつね》につままれたような気分だった。

「お金がないって、どういうことですか？」
「だからお金が一銭もないのよ」
「そんなバカな！」

長山運転手は絶句して、あとの言葉が出なかった。

彼女は好きなようにしてくれといわんばかりの態度で煙草をふかしはじめた。

もちろん長山運転手は彼女を警察へ突き出したが、無一文の彼女からメーター料金を取る手だてはなかった。

長山運転手が会社に電話を入れてことの顚末《てんまつ》を説明すると、前代未聞の出来事に会社もびっくり仰天して部長が警察にやってきた。そして疲労とショックで頭をかかえている長山運転手を部長は怒鳴りつけた。

「どうもおかしいと思ったんだ。いまどきタクシーで大阪まで行く客がいると思うか。何年タクシーに乗ってんだ。それでもプロか」

「そう怒鳴らないでよ。部長もいいって言ったじゃないか。おれはいま頭がおかしくなってんだ」

無賃乗車のメーター料金は運転手が自腹を切ることになっている。だが、三十三万円にもおよぶ無賃乗車の責任を運転手一人にとらせるのはあまりに負担が大きすぎる。結局、彼女が働いて返済するまでの間、会社と運転手が折半することにした。

それにしても彼女はいったい何のために大阪まで行ったのか。その理由がよくわからなかった。人の生死にかかわるのっぴきならない事情であれば無賃乗車をしてもまだ許せるが、彼女の場合、要するに一年前まで大阪のマンションで一緒に暮らしていた恋人と別れて、東京へ出てきて水商売をしていたのだが、別れた恋人に最近新しい女ができたという噂《うわさ》を耳にして嫉妬《しっと》に狂い、発作的に長山運転手のタクシーに乗って大阪までふっ飛ばしたのだった。ところが大阪のマンションにはすでに恋人はいなかったのである。仮りに恋人がいたとして、彼女は彼に会ってどうするつもりだったのか。

警察の取調べに対する彼女の返答は曖昧模糊《あいまいもこ》として摑みどころがなかった。警察も手を焼いていたらしいが、ただ一つ不気味だったのは、ハンドバッグに登山用ナイフを忍ばせていたことである。

「女は何を考えてるんだか、よくわからんよ」

彼女を取り調べていた刑事が長山運転手にぽつりと言った。

翌日、警察は彼女のマンションの部屋を家宅捜索した。家主を立ち会い人に二人の刑事が部屋に入ると、かすかにすえた臭《にお》いが漂っていた。そのすえた臭いは奥の部屋のベッドの中から発散していた。刑事の一人が窓のカーテンを開け、ベッドの布団をめくってみると、生後、二、三ケ月の赤ちゃんの腐爛《ふらん》死体が放置されていたという。

解説

高橋敏夫

「りょうくん」と、梁石日《ヤン・ソギル》は言った――つい先頃、梁石日、柏原成光と新宿歌舞伎町で痛飲、いや鯨飲《げいいん》したときのことである。

柏原成光は、梁石日の最初の小説集『狂躁曲』(のちに『タクシー狂躁曲』と改題)におさめられた作品からかかわる名編集者で、筑摩書房で社長をつとめた後、現在は中国の延辺大学の日本語日本文学の先生をしている。留学を希望する教え子の引き受け先として、わたしの勤める大学の事情をきかせてほしいとのことだった。

用件はほんの数分で済み、あとは、いつものように、えんえんつづく酒宴となった。梁石日に会うと、かならずわたしは、詩人黒田喜夫《きお》の話をしてしまう。表現者のまえでまず別の表現者を話題にするというのも妙だが、わたしのなかで、ふたりはわかちがたくむすびついているからだろう。

そのときも、そうだった。真夏の新宿の雑踏を歩いてかいた大汗がようやくひき上機嫌になりはじめた梁石日は、黒田喜大の山形なまりで、「りょうくん」と言った。黒田喜夫は梁石日を「りょうくん」と呼んでいたのである。

たちまち、わたしのこころに、黒田喜夫が住んでいた清瀬の小さな市営住宅がうかびあがった。

東北の最下層からたちあがり戦後革命運動の敗北をしたたかになめた黒田喜夫は、この社会をささえる多数派が自明とみなす現実および「リアル」感覚とを、憎悪しぬいた詩人である。明るく無臭の「リアル」を強引にひきはがしたさきに、地を這う人々のむごたらしい「リアル」や、闇に跳梁《ちょうりょう》する幻想のゲリラの「リアル」をえがきつづけた。

一九八〇年代のはじめ。

わたしは、『現代批評』という批評と詩の雑誌をなかまと創刊したばかりで、黒田喜夫に自伝の連載を頼んでいた。

それぞれに政治的敗北をかかえこみながら生きる「リアル」と、戦後の反乱を吸収しいっそう規模をひろげる支配的な「リアル」とのギャップに苦しんでいたわたしたちは、黒田喜夫の生活と表現の歴史をたしかめてみたかった。

結核でそこなわれた細長い身体を自宅の頑丈《がんじょう》なベッドに横たえ、一語、一語、眼前の虚空《こくう》にきざみこむように詩作をつづける黒田喜夫に、長い原稿書きは困難をきわめた。それでわたしたちは、テープレコーダーに話を録《と》り、それを起こすことにした。いったん話しだすと、黒田喜夫はあんがい饒舌だった。ときに笑ったが、笑いはその表情をいっそう暗くさびしいものにした。

パソコンはもとよりファックスもなかった時代である。起こした原稿を自宅に届け、手を入れてもらう。そして初校、第二校、第三校……赤ペンでびっしり書きこまれた独特な文字の判読に苦しみながらも、わたしは、詩を発表しはじめたばかりのねじめ正一といっしょに、週に一度は清瀬の黒田喜夫宅に通った。家には、かならずといってよいほど先客がいた。わたしたちは多くの著名な詩人、批評家、編集者に紹介された。

ある日、わたしたちが帰りかけたとき、まるでつむじ風のごとく庭にあらわれた男が、いきおいよくガラス戸を開けた。

「りょうくん」

と黒田喜夫はうれしそうに、呼んだ。

それが梁石日であった。

「りょうくんだ。詩人で小説を書く。タクシーの運転手をしている」。黒田喜夫の声はいつになくはずんでいた。わたしは、日に焼けて精悍な印象の梁石日に、人懐っこい笑みがうかぶのを見た。

ふたりの親密な感情の交感は、わたしに、生真面目でやや心配性の兄と、やんちゃでこころやさしい無頼の弟を思わせた。しかも、兄は数十メートルの外出もままならないのに、神出鬼没の弟は移動を仕事にしている……。

他の詩人、批評家に黒田喜夫はそんな態度をみせたことがなかった。当時、黒田喜夫は五〇代の半ば、梁石日は四〇代のはじめである。

しばらくして、梁石日の詩集『夢魔の彼方へ』（解説は黒田喜夫）に接し、最初の小説集『狂躁曲』を読んだ。そこでわたしは、梁石日が、若き日の在日朝鮮人解放運動と詩作、その後の放浪および現在のタクシー運転手の苛酷な労働をとおし鍛えあげた表現でもって、「在日」への隠微な偏見と差別を当然とする「リアル」に、激しくあがっているのを知った。

黒田喜夫がみせた表情と態度は、「兄と弟」の関係以上に、支配的な「リアル」と抗争するかけがえのない同志への信頼と期待だったのである。

一九八四年の夏、黒田喜夫が亡くなったとき、梁石日を先頭に、中上健次、正津勉《しょうづべん》らとわたしは棺桶を担いだ。

蟬の声がやかましい炎天下、棺桶はおどろくほど軽いのにふきだす汗がとまらなかったのを、よく覚えている。


本書『夢の回廊』は、一九九九年、『さかしま』というタイトルで刊行された。現代における希有な長編小説家として知られる梁石日にとって、いままでのところ、『タクシー狂躁曲』につぐ二冊目の短編集である。

『タクシー狂躁曲』におさめられた短篇は、いずれも凝縮された言葉によってうみだされたイメージのとめどなく乱反射する、物語というより『夢魔の彼方』の詩に近い作品であったが、本書の七作品とくに「夢の回廊」と「さかしま」にも同じことがいえよう。

これらの作品によって読者は、『夜を賭けて』や『血と骨』、あるいは『Z』や『異邦人の夜』といった、きわめつきの長編小説とは趣きのことなる梁石日の小説世界に導かれるにちがいない。

元のタイトル『さかしま』にしても、この『夢の回廊』にしても、いかにも梁石日らしい言葉である。「夢」が七作品に共通するのを思えば、たしかに『夢の回廊』でよいのだが、その「夢」に注目するなら「さかしま」(さかさまの雅語的表現)もすてがたい。これらの作品にあって、登場人物たちは「夢」を、現実以上にリアルなものとして生きているからである。

「この二ケ月の間に同じ夢を何度も見ていた」と書きだされる「夢の回廊」は、梁石日その人らしき「私」の日常に侵入して、封印されていた過去の記憶をひきずりだす、おわりのない夢の物語といってよい。夢が現実に先行し、現実に夢がまじりはじめ、そして封印をとかれた少年時代の記憶のさきに、殺戮《さつりく》と快楽が同時の悪夢の世界がはっきりとみえてくる。

現実という「リアル」が、夢の「リアル」の前に瓦解《がかい》してしまうのである。表現者内部の夢の「さかしま」を執拗かつ実験的にえがき、「夢の回廊」はこの短編集の冒頭にふさわしい作品となっている。

本書のなかでもっともながい作品、「さかしま」の主人公は、「夢の回廊」の途中であらわれる悪夢の主人公でもある。

南方の捕虜収容所から大阪にもどってきた西岡洋次は、かつて住んでいた場所も家族も失ったことを知り茫然とする。「一階の四畳半の部屋に床を敷いてもらい、横になった西岡洋次は不思議な気分を味わっていた。消灯した暗い部屋の中で現実と夢の間を往《い》ったりきたりしているような気分だった。いまある自分は自分なのか、あるいは自分は死んでいるのかもしれないと思ったりした。家族が死んでいること自体、非現実的であった」。

戦後、街はおおきく変わり、秩序の再建は急だった。しかし、戦争ですべてをなくしたと思う西岡洋次にとって、そんな現実の回復は「非現実的」なものでしかなかった。現実へのたえまない異和感は、西岡洋次を戦場での殺戮の記憶へとさしむけ、やがて夢の殺戮者と化した男は、非現実的な現実世界でとめどなき破壊をはじめる。

「蜃気楼」の主人公もまた、在日朝鮮人としての己の「リアル」と、街の「リアル」との乖離《かいり》に苦しんでいる。「康原博《ヤスハラヒロシ》こと康博《コウヒロシ》は新宿駅東口を出て新宿コマ劇場方向に歩き、靖国通りの信号でいったん信号待ちをしている間、あたりの光景をぼんやり眺めた。彼は信号待ちしている間や歩いているときなど、ふと足を止めて周囲を瞥見《べっけん》する癖がある。何かを観察しているわけではなく、ただそれらの光景が彼の感覚と大きくずれて、焦点の合わないカメラアングルのようにある種の違和感をもたらすので、そのずれている焦点を合わせようとして何度か瞼《まぶた》を閉じたり開いたりした」。みずからの「リアル」にしたがい、「本物の都市」をもとめて車を走らせる康博は、どうしても環状七号線を突破できない。

「運命の夜」から「トラブル」までの四作品は、タクシードライバーものである。助けなかった女の夢に悩まされる中川運転手、乗せたはずの客が消えてしまった西田運転手、生活苦のため客の忘れ物から大金をうばう石田運転手、美しい女を大阪まで乗せる長山運転手、これらの人々にも、夢と現実の逆転と現実からの脱落への傾斜はみてとれる。

物語にはいつも、「激越なもの」としかいいようのないなにかがふきあれている——梁石日の物語に触れるたび、わたしは思いをあらたにする。本書『夢の回廊』では、「激越なもの」が「夢」のすがたで、人々をつきうごかしている。

「激越なもの」をめいっぱいにはらむこの作家の物語にあって、登場人物のよってたつ現実は、そのはなばなしい場面においてさえ、ついに肯定されることがない。エピソードのひとつひとつがくっきりと際立ちながら、どこか中途半端で不安定な印象をもたらすのはそれゆえだろう。

社会を生きる多数者が自明とした現実とその部厚い「リアル」感覚への、たえまない異和感から激しい憎悪までが、梁石日の物語にはみちている。それは、登場人物たちに安息の終着点を許さない。人々はうちなる「激越なもの」にうながされ、この現実にとらわれた生ではない別の生へと歩みつづけるほかないのである。

差別と偏見をくみこんだ「リアル」をくいやぶり、多様な者のいきいきとした協同を発見する苛酷にして輝かしい試みを「世界文学」とよぶなら、梁石日の文学こそ正真正銘の「世界文学」である。

世界中の反乱者との共闘を夢見た幻想のゲリラ戦士、黒田喜夫の呼びかける「りょうくん」という声を、梁石日はときどき思いだしているにちがいない。聞くところによれば、梁石日は、独力で黒田喜夫全集を企画中らしい。

——文芸評論家・早稲田大学教授

この作品は一九九九年十一月アートンより刊行された
『さかしま』を文庫化にあたり改題したものです。

夢《ゆめ》の回廊《かいろう》

梁石日《ヤン・ソギル》

平成18年10月10日　初版発行

発行者――見城徹

発行所――株式会社幻冬舎

〒151-0051東京都渋谷区千駄ヶ谷4-9-7

電話　03(5411)6222(営業)

03(5411)6211(編集)

振替00120-8-767643

印刷・製本―図書印刷株式会社

装丁者――高橋雅之

幻冬舎文庫

ISBN4-344-40861-6　C0193　や-3-12